엔터를 누르세요 ■

THE JOHN VARLEY READER

엔터를
누르세요 ■

YA
08

존
발
리
소
설

최
세
진
옮
김

PRESS ENTER ■

서설

언제나 나 자신을 하이테크족이라고 생각했지
만, 최근에는 조금 뒤처진 것 같다. 나는 MP3 플레
이어나 DVD 레코더, 사진이 찍히는 휴대폰, 플라
스마 텔레비전 같은 것을 가지고 있지 않다. 내가
용도를 찾기 전에 너무 빨리 이런 것들이 쏟아져 나
왔기 때문이다. 하지만 CD 플레이어는 갓 발표된
신기종으로, 희귀할 때 구입했었다. JVC VCR은 내
형편에 살 수 있는 가장 비싼 물건이었다. 당시에는
대여할 수 있는 영화가 서른 개밖에 안 되었고, 공
테이프는 35달러였으며, 리모컨은 선으로 연결되어

있었다. 1,300달러를 지불했다. 여섯 번째로 샀던 VCR이 아마 마지막이었던 것 같은데, 60달러를 지불했다.

나는 글을 쓰기 시작했을 때, 최고의 도구를 갖고 싶었다. 바위에 글을 새기는 끌과 진흙 위에 쐐기 문자를 쓰는 철필, 깃털 펜, 만년필, 샤프도 건너뛰고, 항공우주 프로그램에서 첫 번째로 생산했던 인기 파생상품인 볼펜으로 바로 넘어갔다. 만년필은 기압이 낮은 높은 고도에 올라가면 가죽 항공 재킷에 잉크를 뿜어댔기 때문에, 전쟁 중 폭격기 조종사들을 위해 개발한 게 볼펜이었다. (나는 스파이더 로빈슨이 선물한 차세대 볼펜, 무중력 상태에서도 작동하도록 고안된 가압식 스페이스 볼펜을 소중히 품고 있다. 최소한 내가 찾을 수 있을 때는 소중히 품고 있다는 뜻이다. 스페이스 볼펜은 영리하게 설계되어서, 책상에서 가장 낮은 지점을 찾아 굴러다니다가 떨어져서 바닥의 가장 낮은 지점을 찾고, 결국 무거운 가구 아래의 바닥까지 찾아간다. 원통형인데 구르는 것을 방지하는 포켓 클립이 없기 때문이다. 우주에서는 주머니에서 둥둥 떠서 빠져나와 우주선 내부의 잊힌 구석을 찾아 숨어들 것 같다. 나사에서 이 볼펜을 개발하는 데 3백만 달러를 썼다. 잘했어, 친구들. 아마 여기 어딘가에 분명히 있을 거야.)

타자를 배워야겠다고 결심했을 때, 전기식 타자기를 샀다. 수동식 타자기로 타자를 배워본 적이 없고, 도저히 배울 엄두가 안 났기 때문이다. 복사기는 상당히 비쌌기 때문에 먹지를 사용해 복사했고, 오타를 많이 내서 화이트 수정액을 사용했다.

스미스-코로나 타자기가 낡아서 못 쓰게 되자, 많은 돈을 들여 타자기의 롤스로이스라 할 수 있는 IBM 코렉팅 셀릭트릭을 샀다. 눈이 따라갈 수 없을 정도로 빠르게 움직이는 작은 타자볼을 보면서 몇 시간이고 놀 수 있었다. 더 이상 타자를 치다가 키가 걸리는 일은 없다! 새로운 서체를 원하는가? 다른 타자볼을 넣으면 된다! 더 이상 화이트 수정액이 질척거리거나 지우개 조각으로 소설 작품을 문지르지 않아도 된다. 키 하나만 누르면 테이프가 튀어나와 종이에서 잉크를 빨아들였다! 타고난 검

소함 때문에 글자를 조금이라도 읽을 수 있는 한 버리지 못하고 계속 사용했던 얼룩덜룩한 타자기의 천 리본도 더 이상 필요 없다. IBM은 필름 리본을 사용해서, 인쇄물이 신문이나 책보다 선명했다.

나는 그 타자기를 사랑했다. 그 타자기가 너무 좋아서 '워드 프로세서'라는 극악무도한 기계를 가진 친구들의 열렬한 추천에 저항했었다. 젠장, 나는 단어를 처리하는 게 아니라, 글을 쓰고 싶었기 때문이었다. 몇 년 후, 내가 아는 모든 사람이 컴퓨터를 가졌을 때, 나는 〈처리되지 않은 단어(The Unprocessed Word)〉라는 우스꽝스러운 단편소설을 써서, 멋진 산문을 아름답고 예쁜 백지에 쓰지 않고 심술궂은 기계의 불확실한 내부 장치에 위임하는 행위의 위험성을 지적하기도 했다.

컴퓨터는 불확실했다. 사람들이 컴퓨터에 관해 이야기할 때(그때만 해도 모든 사람이 컴퓨터 이야기를 했는데, 한번 이야기를 시작하면 입을 다물게 할 수가 없었다) 내가 눈치챈 한 가지는, 한 사람도 빠짐없이 '충돌'이라는 게 발생해서 한 번 이상 대량의 데이터를 잃어버린 경험이 있다는 사실이었다. 그들은 묘하게 자랑스러워하며 이야기했지만, 나는 그 이야기를 들을 때 식은땀이 났다. 나는 20년 동안 글을 쓰면서 단 한 장의 소중한 원고도 잃어버린 적이 없었고, 앞으로 돌아가 모든 것을 다시 생각해내야 했던 적도 없었다. IBM 코렉팅 셀렉트릭 타자기는 확실했으며, 오류도 없고, 충돌하는 일도 없었다.

두 번째 요점. 컴퓨터는 비쌌다. 나는 IBM 타자기에 860달러를 지불할 때 마른침을 꿀꺽 삼켰었다. 이 '워드 프로세서'라는 것에는 단어를 처리하는 소프트웨어에만 860달러를 내야 했다. 그래, 약간 과장하긴 했지만, 내가 실제로 사용해봤던 첫 워드 프로세서는 영화감독 리처드 러쉬의 것이었는데, 〈밀레니엄(Millennium)〉의 대본을 개작할 때였다. 지금은 고인이 된, 당시 그 분야의 개척자 중 한 사람이었던 오스본이 만든 워드 프로세서였다. 빅트롤라 전축만 한 크기의 데이지휠 프린터가 달린 단말기였는데, 플로리다의 데이토나 해변의

자동차 경주장 출발선처럼 시끌벅적했다. 이런 짐 승을 구입할 여력이 안 된다면, 다른 대안이 있다. 도트 프린터. 아, 젠장! y와 p, g, q가 기준선 아래 로 내려가지 않았다. 각 글자는 대략 아홉 개의 작 은 점으로 구성되었다. 발가락으로 점자를 읽는 편 이 차라리 나을 것 같았다. 신발을 신은 채로 말이 다. 오스본은 40에서 50페이지 분량을 저장할 수 있을 정도의 메모리를 갖고 있었다. 사무실 하나를 가득 채우는 세트 전체의 가격은 15,000달러가 넘 었다(스튜디오에서 비용을 지급하기 때문에, 리처드 는 신경 쓰지 않았다). 하루에 어싯 빈은 납득이 안 되는 일이 일어나거나, 아예 아무것도 작동되지 않 았다. 그럴 때마다 산스크리트어로 쓰인 맨해튼 전 화번호부 두께의 사용 설명서를 찾아 읽었다.

나는 새로운 언어를 배우고 싶지 않았다. 글을 쓰고 싶었다.

세 번째 요점. 컴퓨터는 못생겼다. 못생기고, 못 생기고, 못생겼다. 원하는 색이 무엇이든 모니터로 볼 수 있었다. 단, 녹색의 한도 안에서. (나중에 주

황색 모니터도 나왔다. 참 대단하다!) 컴퓨터는 회색이나 베이지색이었는데, 꼭 마트에서 산 TV 같았다. 내 IBM 타자기는 검은색이고 스텔스 전투기처럼 생겼다.

리와 그녀의 전남편은 접시만 한 플로피 디스크를 사용하는 TRS-80(다들 쓰레기-80(Trash-80)이라는 애칭으로 불렀다)을 가지고 있었다. 그 컴퓨터는 요즘의 일반적인 휴대폰보다도 훨씬 조악했다. 이 컴퓨터는 목재를 압착해서 만든 메이소나이트나 유리섬유, 리놀륨으로 만들어졌는데, 타이핑할 때 약하게 '틱톡 틱톡' 소리가 났다. 내 IBM 타자기의 경우, 글을 쓰다 낙담해서 원고를 구겨 쓰레기통에 던질 때, 이 빌어먹을 것을 주먹으로 때리고 머리로 들이받고 깨물어도, 내 치아만 다칠 뿐이었다. 컴퓨터의 경우에는, 어쩌다 감히 흘겨보기만 해도 접속부가 느슨해져서, 고장 원인을 찾는 데 며칠이 걸렸다. 자칫 잘못하면 5, 6천 달러를 날릴 수도 있다. 친한 친구인 작가 스파이더 로빈슨이 우리 집에 방문할 때 손목시계 화면보다 살짝 큰 모니터가 달린 우스꽝스러운 작은 베이지색 타워형 매킨토시 컴퓨터를 자랑스럽게 들고 왔던 적이 있다. 로빈슨은 그 컴퓨터가 '사용자 친화적'이라고 했다. 그걸로 핀볼게임도 할 수 있었다. 나도 시도해봤지만, 오락실 크기의 핀볼 기계를 대신하기는 힘들다고 결론 내렸다. (최종적으로는 내가 틀렸다. 이틀 전에 마이클 잭슨이 사용했다는 1×1.5미터 크기의 플라스마 평면 모니터 핀볼 기계를 봤는데, 와우!)

네 번째 요점. 컴퓨터를 사용하면 항상 뭔가 다른 게 또 필요했다. 새 모뎀, 커다란 외장 드라이버(100킬로바이트에 달하는 대용량!), 프린터 케이블, 확장 포트, 더 많은 프로그램 혹은 오래된 프로그램의 업데이트 버전. 그 모든 걸 조립하는 데 1시간이 걸리고, 결국에는 지나가던 쥐의 목을 조를 만큼의 전선 더미가 쌓인다.

컴퓨터는 무르익은 기술이 아닌 것 같았다. 토스터는 무르익은 기술이다. 12달러면 토스터를 살 수 있다. 토스터를 상자에서 꺼내면, 사용 설명서에는 욕조에서 사용하지 말고 고양이를 말릴 때 사용하지 말라고만 적혀 있으므로 설명서는 버려도 된다. 플러그를 꽂는다. 빵 한 조각을 넣는다. 1분 후 토스터에 버터를 바른다.

IBM 코렉팅 셀릭트릭 타자기는 무르익은 기술이었다. 종이를 넣는다. 전원을 켠다. 3시간 동안 그 앞에 앉아서… 한 문장밖에 못 썼는데, 그나마 안 좋은 문장일 수도 있지만, 누군가가 부엌에서 토스터에 플러그를 꽂다가 전기 퓨즈가 끊어져도 그 문장은 사라지지 않는다.

나는 컴퓨터가 토스터처럼 단순해질 때까지 컴퓨터를 사지 않겠다고 다짐했다.

1단계: 상자에서 꺼낸다.
2단계: 플러그를 꽂는다.
3단계: 전원을 켠다.
4단계: 아름다운 문장을 쓴다.

4단계는 언제나 조금 불확실하지만, 앞의 세 단계는 할 수 있다는 걸 알았고, 언젠가는 할 수 있을 거로 생각했다.

　나는 별로 오래 기다리지 않았다. 윈도우 운영 체제 시연을 본 후 나처럼 물리학을 전공한 사람도 작동시킬 수 있겠다는 생각이 들자 감정을 주체하지 못하고 구입했다. (세상의 90퍼센트를 따라가기로 결심하고 매킨토시가 아니라 PC를 구입했는데, 스파이더는 나를 용서하지 않았다.) 이제 세 번째 컴퓨터를 사용하고 있다. 지금 사용하는 컴퓨터는 토스터처럼 무르익었다. HP 파빌리온 ze1110이라는 노트북 컴퓨터인데, 2년 전에 900달러를 주고 구입했다. 무게는 1킬로그램 정도다. 상자에는 세 가지가 들어 있었다. 노트북 컴퓨터, 전원선, 전화선. 하지만 여러분과 마찬가지로, 나는 이미 전화선이 여섯 개나 있었으므로 필요 없었다. 문맹자를 위한 유용한 그림은 많았지만, 텍스트가 거의 없는 4쪽짜리 사용 설명서도 읽지 않았다. 읽을 필요가 없었다. 나는 노트북을 욕조에서 사용할 일이 없기 때문이었다. 이 노트북은 아폴로 11호에 탑재되었던 컴퓨터보다 백만 배는 강력하다. 20기가바이트

하드디스크가 장착되어 있는데, 나는 1기가만 사용 중이다. CD-DVD 드라이브도 있다. 알파 센타우리까지 1천 년 동안 항해하는 우주선을 운영하고도 남을 컴퓨터다. 이미 23개월이나 된 구형이지만, 상관없다.

나는 여전히 매년 한두 페이지 분량의 소중한 문장을 잃어버리곤 한다. 실제로, 지난달에는 뇌가 얼어붙어서 잘못된 자판을 두 번이나 누르는 바람에 2003년에 주고받은 이메일의 80퍼센트를 잃어버렸다.

이 소설은 내가 컴퓨터를 사용하기 훨씬 전 컴퓨터에 관해 ABC 정도의 기초 지식 외에는 아무것도 알지 못할 때 쓴 글이다. 모뎀, 모니터, 도트 프린터, 비트, 바이트, 킬로바이트 등 몇 가지 기본적인 용어 정도를 알고 있었다. 컴퓨터 전문가들이 사용하는 속어는, 인터넷이 대중들에게 소개된 초기에 서핑하다가 발견해서 다운로드(당시는 이게 새로 등장한 용어였다)를 받아두었던 〈해커 사전

(The Hacker's Dictionary)〉에서 배웠다. 리처드 러시가 그 자료를 발견했다. 모든 하드웨어가 그렇듯이 대부분은 이제 낡은 용어가 되었다. ㅋㅋㅋ :-)

이 작품을 발표한 후 두 가지 사실 때문에 놀랐다. 하나는 사람들이 내가 컴퓨터에 대해 ABC만이 아니라 DEFGHIJKLMNOP와 Q까지 알고 있다고 생각한다는 사실이었다. 그들은 컴퓨터가 다운되었던 경험에 관한 장대한 이야기를 나누고, ASCII와 WordPerfect, URL, WYSIWYG, GIGO의 장단점을 토론하고 싶어 했는데, 내가 그런 것들을 전혀 모를 뿐 아니라, '쓰레기-80'도 가지고 있지 않다는 사실을 알고는 경악했다. 그래서 나는 이 글을 적절히 잘 꾸며냈다고 짐작했다. 꾸며내는 것은 SF의 본질이기 때문에, 나는 그 사실이 자랑스러웠다. 어쩌면 그게 인생의 보편적인 본질인지도 모르겠다.

두 번째는 많은 사람이 이 작품을 본 후 실리콘 칩이 겁난다고 내게 말했다는 사실이다. 나는 이 작품이 특별히 무서운 이야기라고 생각지 않았기 때문에 놀랐다. 물론 슬프고, 끔찍하고, 외롭긴 하다.

하지만 무섭다고? 나는 소설을 출판한 후에 다시 읽는 경우가 거의 없는데, 이 작품을 다시 읽어봤더니… 소름이 끼쳤다.

여러분도 소름이 끼치면 좋겠다. 좋은 의미에서.

엔터를 누르세요 ■

○ 1984년 5월 〈Asimov's Science Fiction〉에 첫 발표

○ 1985년 네뷸러상, 휴고상, 로커스상 수상

○ 1987년 일본 세이운상 수상

"이것은 녹음된 소리입니다. 메시지가 완료될 때까지…." 내가 수화기를 너무 세게 내려놓아서 전화기가 바닥에 떨어졌다. 나는 물을 뚝뚝 떨어트리고 분노로 부들부들 떨며 서 있었다. 결국 수화기를 전화기에 제대로 올려놓지 않았을 때 나오는 윙윙 소리가 들리기 시작했다. 전화기에서 평소에 들리는 소리보다 스무 배는 큰 소리였는데, 나는 항상 왜 그러는지 그 이유가 궁금했다. 마치 무슨 끔찍한 재앙이라도 터진 것처럼 시끄러웠다. "긴급 상황입니다! 수화기가 전화기에서 떨어졌어요!!!"

자동응답전화기는 삶을 약간 성가시게 만드는 것 중 하나다. 솔직히 말해보자, 정말 기계에 말하고 싶은가? 하지만 나에게 조금 전 일어난 일은 약간 짜증이 나는 것 이상이었다. 나는 자동으로 발신된 전화를 받았다.

이건 최근에 나타난 기술이다. 한 달에 두세 번 정도 이런 전화를 받았다. 대부분은 보험 회사에서 온 것이었다. 2분 정도 떠든 후 관심이 있을 경우 연락할 수 있는 번호를 알려줬다(한번은 내 생각을 전달하기 위해 전화를 걸었는데, 그들은 자동 재생 음악을 틀어놓고 보류시켰다). 그 사람들은 전화번호 목록을 사용한다. 어디서 그런 목록을 구하는 건지 모르겠다.

나는 욕실로 돌아가, 도서관에 빌린 책의 비닐 커버에 묻은 물방울을 닦아내고, 조심스럽게 다시 물속으로 몸을 담갔다. 물이 너무 차가웠다. 나는 뜨거운 물을 더 틀었다. 그리고 혈압이 막 정상까지 내려왔을 때 다시 전화벨이 울렸다.

그래서 나는 무시하려고 벨이 열다섯 번이나 울

리도록 그대로 욕조 안에 앉아 있었다.

전화벨이 울려대는데 책을 읽으려고 시도해본 적이 있는가?

열여섯 번째 벨이 울렸을 때, 나는 일어나 몸을 말리고, 가운을 입고, 천천히 그리고 신중한 걸음걸이로 거실을 향해 걸어갔다. 한동안 전화기를 노려봤다.

쉰 번째 벨이 울렸을 때 전화를 받았다.

"이것은 녹음된 소리입니다. 메시지가 완료될 때까지 전화를 끊지 마세요. 이 전화는 옆집 찰스 클루지의 집에서 걸었습니다. 10분마다 반복해서 전화가 갈 것입니다. 클루지 씨는 자신이 좋은 이웃이 아니라는 사실을 알고 있습니다. 불편을 끼친 점에 대해 미리 사과합니다. 클루지 씨는 당신에게 즉시 집으로 와달라고 요청합니다. 열쇠는 매트 아래에 있습니다. 집 안으로 들어가서 해야 할 일을 하세요. 당신의 봉사에 대해 보상할 것입니다. 감사합니다."

딸가닥. 발신음이 들렸다.

★

　나는 성급한 사람이 아니다. 10분 후 다시 전화 벨이 울렸을 때, 나는 아직도 그 자리에 그대로 앉아 생각에 잠겨 있었다. 수화기를 들고 가만히 귀를 기울였다.

　같은 메시지였다. 전과 마찬가지로 클루지의 목소리가 아니었다. 음성 합성기의 인간적 따스함이 담긴 합성된 목소리였다.

　나는 한 번 더 듣고, 메시지가 끝나자 수화를 내려놓았다.

　경찰에 신고할까 생각해봤다. 찰스 클루지는 옆집에 10년 전부터 살고 있었다. 그동안 클루지와 십여 차례 대화를 나누긴 했지만, 1분 이상 지속된 경우는 한 번도 없었다. 나는 그에게 빚진 게 아무것도 없었다.

　무시할까도 생각해봤다. 다시 전화가 울렸을 때도, 나는 그 생각을 하고 있었다. 시계를 흘끗 봤다. 10분. 수화기를 들었다가 바로 다시 내려놨다.

전화선을 뽑아버릴 수도 있었다. 그렇다고 해서 내 삶이 급격하게 바뀌지는 않을 것이다.

하지만 결국 나는 옷을 입고, 정문으로 나가서, 왼쪽으로 돌아, 클루지의 집을 향해 걸어갔다.

길 건너편에 사는 할 래니어가 잔디를 깎고 있었다. 래니어가 내게 손을 흔들어서 나도 손을 흔들었다. 8월의 멋진 날 저녁 7시 즈음이었다. 그림자가 길었다. 공기에서 잘린 풀 냄새가 났다. 나는 언제나 이 냄새를 좋아했다. 우리 집 잔디를 깎을 때가 되었다는 생각이 들었다.

클루지는 한 번도 그런 생각을 해본 적이 없을 것이다. 그의 잔디밭은 무릎 높이까지 자라고, 잡초로 뒤덮여 있었다.

벨을 눌렀다. 아무도 나오지 않아 노크했다. 나는 한숨을 뱉은 후 매트 밑을 살펴봤다. 그리고 거기에서 찾은 열쇠로 문을 열었다.

"클루지?" 나는 고개를 들이밀며 소리쳤다.

사람들이 다른 사람의 집에 들어가도 되는지 확신하지 못할 때 그러는 것처럼, 나도 주저하며 짧은 복도를 따라 걸어갔다. 항상 그렇듯 커튼이 쳐져 있어서 실내가 어두웠지만, 한때 거실이었던 공간에는 열 개의 텔레비전 화면이 환하게 비춰서 클루지의 모습을 볼 수 있었다. 클루지는 탁자 앞에 있는 의자에 앉은 채 컴퓨터 키보드에 얼굴을 박고 있었는데, 옆머리가 날아가고 없었다.

할 래니어가 로스앤젤레스 경찰국에서 컴퓨터 기사로 일하고 있어서, 내가 발견한 사실을 그에게 말했다. 래니어가 경찰에 신고했다. 우리는 첫 번째 차가 도착할 때까지 함께 기다렸다. 래니어가 내게 어디를 만졌는지 물어서, 현관 손잡이 빼고는 아무것도 만지지 않았다고 말했다.

사이렌 소리도 없이 구급차가 도착했다. 곧 온 사방에 경찰이 깔렸고, 이웃들은 자기 집 마당에 서 있거나, 클루지 집 앞에서 이야기를 나눴다. 몇몇 텔레비전 방송국의 직원들이 도착해서 비닐에 싸인 시신이 실려 나오는 모습을 찍었다. 남자들과 여자들이 왔다가 갔다. 나는 그들이 지문을 채취하고 증거를 수집하는 등 일반적인 경찰 수사를 하는 것으로 짐작했다. 나는 집에 가려 했지만, 그대로 있으라는 말을 들었다.

이윽고 이 사건을 담당한 오스본 형사를 만나게 됐다. 나는 클루지의 거실로 안내되었다. 텔레비전 화면이 아직도 모두 켜져 있었다. 오스본과 악수를 했다. 형사는 뭔가 말하기 전에 나를 살펴봤다. 그는 키가 작고 대머리였다. 나를 바라보기 전까지는 몹시 피곤해 보였다. 그런데 나를 바라볼 때 얼굴에 아무런 변화가 없었는데도 전혀 피곤해 보이지 않았다.

"당신이 빅터 에이펠인가요?" 오스본이 물었다. 나는 형사에게 그렇다고 대답했다. 형사가 방을 가리켰다. "에이펠 씨, 이 방에 사라진 물건이 있는지 말씀해주시겠습니까?"

나는 일종의 퍼즐을 맞추듯, 거실을 다시 둘러봤다.

벽난로가 있고, 창문에는 커튼이 있었다. 바닥에는 러그가 깔려 있었다. 그 외 일반적인 거실에서 흔히 보이는 다른 물건은 없었다.

모든 벽에 탁자가 줄지어 늘어서 있어서 거실의 가운데에만 좁다랗게 통로가 있었다. 탁자들 위에는 모니터와 키보드, 디스크 드라이브 등 새로운 시대의 반짝이는 장식품들이 놓여 있었다. 장비들은 두꺼운 케이블과 선으로 서로 연결되어 있었다. 탁자 아래에는 더 많은 컴퓨터, 그리고 전자제품이 가득 찬 상자들이 있었다. 탁자 위로는 천장까지 선반들이 있고, 그 위에는 테이프와 디스크, 카트리지, 그리고 그때는 그 단어가 떠오르지 않았는데… 소프트웨어들이 있었다.

"가구가 없네요, 본래 있었나요? 저거 말고…."

"제가 그걸 어떻게 알아요?" 그때 나는 형사가 어떤 오해를 하고 있는지 깨달았다. "아, 내가 그전에 여기 와봤던 거로 생각하는군요. 1시간 전쯤 이 거실에 처음 들어와봤어요."

오스본 형사가 인상을 찌푸렸다. 나는 그 표정이 그다지 마음에 들지 않았다.

"검시관 말로는 그 사람이 죽은 지 3시간 정도

되었다고 하더군요. 왜 그때 여기로 왔나요, 빅터?"

형사가 내 성이 아니라 이름을 부르는 게 마음에 들지는 않았지만, 내가 달리 어떻게 할 수 있는 방법이 없었다. 전화에 대해 형사에게 말해야겠다는 생각이 들었다.

오스본이 의심스러운 표정을 지었다. 하지만 쉽게 확인할 방법이 있었으므로, 우리는 그렇게 했다. 래니어와 오스본, 그리고 나와 다른 몇 명이 우리 집으로 몰려갔다. 우리가 집으로 들어설 때 전화가 울리고 있었다.

오스본이 수화기를 받아 소리를 들었다. 형사가 매우 불쾌한 표정을 지었다. 밤이 깊어져 갈수록 상황이 점점 더 안 좋아졌다.

우리는 전화벨이 다시 울릴 때까지 10분을 기다렸다. 오스본 형사는 그 시간 동안 내 거실의 모든 것들을 살펴봤다. 나는 다시 전화가 울려서 기뻤다. 경찰들이 메시지를 녹음한 후, 우리는 클루지의 집으로 돌아갔다.

오스본 형사가 뒷마당으로 나갔다가 클루지의 안테나 숲을 봤다. 형사는 강한 인상을 받은 것 같았다.

"이웃의 매디슨 부인은 클루지가 화성인에게 연락하려는 줄 알았대요." 래니어가 웃으며 말했다. "난 그냥 HBO를 훔쳐보는 거라고 생각했어요." 파라볼라 안테나가 세 대 있었다. 높은 안테나 기둥이 여섯 개 있었고, 마이크로파를 전송하기 위해 전화 회사 건물에 설치되어 있는 것과 비슷한 안테나도 있었다.

오스본이 나를 다시 거실로 데려갔다. 그리고 내가 본 상황을 설명해달라고 부탁했다. 나는 그게 무슨 소용이 있는지 모르겠지만 해봤다.

"그 사람이 저 의자에 앉아 있었는데, 당시 의자는 이 탁자의 앞에 여기에 있었습니다. 바닥에 총이 있는 게 보였어요. 그 사람의 손이 총이 있는 방향으로 축 늘어져 있었고요."

"자살이라고 생각하시나요?"

"네, 그런 것 같습니다." 나는 형사의 반응을 기

다렸지만, 그는 아무 말도 하지 않았다. "당신도 그렇게 생각하나요?"

오스본 형사가 한숨을 뱉으며 말했다. "유서가 나오지 않았습니다."

"자살하는 사람들이 항상 유서를 남기는 건 아니잖아요." 래니어가 지적했다.

"그렇죠. 하지만 유서를 남기지 않을 때는 뭔가 냄새가 나는 경우가 많아요." 형사가 어깨를 으쓱했다. "아마 별일 아닐 겁니다."

"그 전화요." 내가 말했다. "그게 유서일지도 모르잖아요."

오스본이 고개를 끄덕였다. "그 외 다른 걸 알아차린 건 없나요?"

나는 탁자로 가서 키보드를 살펴봤다. 텍사스 인스트루먼트에서 만든 TI-99/4A 모델이었다. 키보드의 오른쪽에 커다란 핏자국이 있었다. 클루지의 머리가 놓여 있던 자리였다.

"그 사람이 이 기계 앞에 앉아 있었어요." 내가 키보드를 건드리자마자 키보드 뒤에 있던 모니터

에 단어들이 가득 찼다. 나는 얼른 손을 뒤로 빼고
거기에 적힌 메시지를 응시했다.

프로그램 이름 : 현실 세계여 안녕히
날짜 : 8월 20일
내용 : 유언장, 기타
특성 :
프로그래머 : 찰스 클루지

작동시키려면
엔터를 누르세요 ■

끝에 있는 검은색 사각형이 깜빡거렸다. 나는
나중에 그걸 '커서'라고 부른다는 사실을 알게 되
었다.

모두가 주위에 모여들었다. 컴퓨터 전문가인 래
니어가 10분 동안 아무런 작업도 하지 않으면 모
니터가 자동으로 꺼져서 화면이 변색되지 않도록
보호한다고 설명했다. 이 컴퓨터의 모니터는 내가
건드리기 전까지는 녹색이었는데, 지금은 파란색

배경에 검은색 글자가 표시되었다.

"단말기에 지문은 확인했나요?" 오스본이 물었다. 아무도 모르는 것 같아서, 오스본이 연필을 들고 지우개 부분으로 '엔터'를 눌렀다.

화면이 깨끗해지고 잠시 파란색으로 있더니, 윗부분부터 작은 타원형들이 비처럼 내려오며 화면을 채웠다. 다양한 색깔의 타원형이 수백 개가 있었다.

"저건 알약이에요." 경찰 한 명이 놀란 목소리로 말했다. "보세요, 저건 퀘일루드예요. 이건 넴뷰탈이고." 다른 경찰들이 다른 약들을 가리켰다. 나는 흰색 캡슐 중앙에 독특한 빨간 줄무늬가 있는 것을 보고 다일랜틴이 틀림없다고 생각했다. 내가 몇 년째 매일 복용하는 약이었다.

이윽고 약이 더 이상 떨어지지 않았다. 그러더니 이 빌어먹을 기계가 음악을 연주하기 시작했다. 3부 화음으로 된 〈내 주를 가까이〉였다.

몇 사람이 웃음을 터뜨렸다. 나는 우리 중 누구도 그걸 재미있게 생각하지 않았을 거라고 짐작했다. 그 기괴한 장송곡을 듣는 것은 정말 소름 끼쳤다. 그 곡은 마치 호루라기와 증기 오르간, 장난감 피리에 맞춰 편곡한 것처럼 들렸다. 하지만 그 상황에서는 웃을 수밖에 없었다.

음악이 연주되고 있을 때, 화면 왼쪽에서 오로지 사각형으로만 그려진 작은 형상이 가운데를 향해 경련하듯 움직였다. 게임에 나오는 인간 형태 같았지만, 세밀하게 그린 것은 아니었다. 그게 사람이라고 믿으려면 상상력을 발휘해야 했다.

화면 중앙에 도형이 나타났다. '남자'가 그 도형 앞에 멈췄다. 그가 가운데에서 몸을 구부리자, 아래에 의자처럼 생긴 물체가 나타났다.

"저게 뭐 같아요?"

"컴퓨터요. 그렇죠?"

작은 남자가 팔을 뻗어서 피아니스트 리버라체처럼 위아래로 들썩거리는 걸 보니 컴퓨터가 틀림없었다. 그는 타자를 치고 있었다. 작은 남자 머리 위로 단어들이 나타났다.

어딘가에서 제가 놓친 게 있습니다. 거미줄
중앙에 앉아 있는 거미처럼 낮이고 밤이고
여기에 앉아 있습니다. 제가 조사하는 모든
것의 주인... 그것으로는 충분하지 않습니다.
더 많은 게 있을 겁니다.

당신의 이름을 여기에 입력하세요 ■

"맙소사." 래니어가 말했다. "믿기지 않네요. 대
화형 유서라니."

"그냥 입력해요. 남은 부분을 봐야죠."

내가 키보드에서 제일 가까웠으므로, 허리를 숙
여 내 이름을 입력했다. 하지만 고개를 들어 모니
터를 봤더니, 내가 입력한 것은 VICT9R이었다.

"이걸 어떻게 되돌리죠?" 내가 물었다.

"그냥 입력하세요." 오스본 형사가 말했다. 그리
고 내 옆으로 손을 뻗어서 엔터를 눌렀다.

**그런 기분을 느껴본 적이 있나요, VICT9R?
평생을 바쳐 자신이 했던 일에서 최고가 되기**

위해 노력했는데, 어느 날 깨어나서 왜 그런
일을 하는지 의심이 들어본 적 있나요?
저에게 그런 일이 일어났습니다.

더 듣고 싶으신가요, UICT9R? Y / N ■

메시지는 그 부분부터 두서없이 횡설수설했다.
40이나 50단어의 문단 끝마다 독자에게 Y/N이라
는 선택지를 주는 것을 보면, 클루지도 그 사실을
인식하고 미안해하는 것 같았다.

모니터에서 눈을 떼 키보드를 힐끗 봤더니 그
위에 고개를 박고 있던 클루지가 떠올랐다. 여기에
홀로 앉아 이 글을 쓰고 있었을 그에 대해 생각
했다.

클루지는 낙담했다고 했다. 그는 더 이상 버틸
수 없을 것 같았다. 약을 너무 많이 먹고 있었고(그
시점에 화면에 더 많은 약이 비처럼 쏟아져 내렸다),
목표를 잃어버렸다. 클루지는 자신이 하려 했던 모
든 일을 마쳤다. 우리는 클루지가 하는 말이 무슨
뜻인지 이해하지 못했다. 클루지는 자신이 더 이상

존재하지 않는다고 말했다. 우리는 그 말이 비유적인 표현이라고 생각했다.

당신은 경찰인가요, VICT9R? 경찰이 아니라면 곧 경찰이 올 겁니다. 당신이 경찰이든 아니든, 난 마약을 팔지 않았어요. 침실에 있는 약들은 개인용이에요. 그 약들을 많이 먹었지만, 이제는 더 이상 필요가 없습니다.

엔터를 누르세요 ■

오스본 형사가 엔터를 누르자, 거실 건너편에 있던 프린터가 찌직 소리를 내기 시작해서, 우리 모두가 깜짝 놀랐다. 잉크 카트리지가 앞뒤로 찍찍거리며 움직이며 양방향으로 인쇄하는 게 보였다. 그때 래니어가 모니터를 가리키며 소리쳤다.

"보세요! 저기 봐요!"

컴퓨터 그래픽 남자가 다시 서 있었다. 그가 우리를 바라봤다. 손에 총으로 보이는 물건을 들고 있었는데, 이제 총으로 자기 머리를 가리켰다.

"하지 마!" 래니어가 소리쳤다.

작은 남자는 그 말을 듣지 않았다. 변형된 총소리가 들렸고, 작은 남자가 뒤로 쓰러졌다. 화면에 붉은 선이 흘러내렸다. 그리고 녹색 배경이 파란색으로 바뀌더니 프린터가 꺼졌다. 뒤로 누워 있는 작은 검은색 시체와 화면 아랫부분에 **＊＊ 완료 ＊＊** 라는 글귀만 남기고 모두 사라졌다.

나는 심호흡을 하고 오스본 형사를 바라봤다. 형사가 별로 행복해 보이지 않았다고 말하는 것은 상당히 누그러뜨린 표현일 것이다.

"침실에 약이 있다니, 이게 무슨 소리지?" 오스본이 말했다.

우리는 오스본이 서랍장과 침대 옆 탁자의 서랍을 꺼내는 모습을 지켜봤다. 형사는 아무것도 찾아내지 못했다. 침대 밑과 옷장 내부도 살펴봤다. 집의 다른 방들과 마찬가지로 이 방에도 컴퓨터가 가득했다. 두꺼운 케이블 다발이 통과하느라 벽의 여기저기에 구멍이 있었다.

　나는 커다란 골판지 드럼통 옆에 서 있었는데, 그런 드럼통이 방 안에 여러 개 있었다. 약 110리터 용량의 드럼통이었고, 물건들을 담아놓는 용도로 사용하는 것이었다. 옆에 있는 드럼통의 뚜껑이 느슨하길래 내가 들어봤다. 그러지 않았으면 좋았을 것이다.

　"오스본, 이걸 보는 게 좋겠어요." 내가 말했다.

　그 드럼통은 내부를 튼튼한 쓰레기봉투로 둘렀는데, 진정제 퀘일루드가 3분의 2만큼 담겨 있었다.

　경찰들이 다른 드럼통들의 뚜껑을 열었다. 드럼통에는 암페타민, 넴뷰탈, 발륨이 가득했다. 온갖 종류의 약이 나왔다.

　약이 발견되자, 더 많은 경찰이 사건 현장으로 돌아왔다. 경찰과 함께 텔레비전 카메라맨도 왔다.

　이 야단법석인 상황에서 나에게 관심이 있는 사람은 아무도 없는 것 같아서 나는 슬그머니 빠져나와 집으로 돌아와서 문을 잠갔다. 가끔 커튼 사이로 내다봤다. 기자들이 이웃들을 인터뷰하는 모습이 보였다. 래니어도 거기에 있었는데, 즐거운 시간을 보내는 것 같았다. 취재진이 두 번이나 문을 두드렸지만 나는 대답하지 않았다. 마침내 그들이 떠났다.

나는 뜨거운 욕조에 들어가 1시간 정도 몸을 담갔다. 그런 다음 난방 온도를 최대한 높이고 침대로 들어가 이불을 덮었다.

나는 밤새도록 몸을 떨었다.

다음 날 아침 9시쯤 오스본 형사가 찾아왔다. 그를 집 안으로 들였다. 래니어가 매우 우울한 얼굴로 뒤따라 들어왔다. 그들이 밤을 새웠을 거라는 생각이 들었다. 나는 두 사람을 위해 커피를 따라주었다.

"이걸 먼저 보시는 게 좋을 것 같습니다." 오스본 형사 말하며 내게 컴퓨터 출력물을 건넸다. 나는 종이를 펼치고, 안경을 꺼내 읽기 시작했다.

끔찍한 도트 프린터로 인쇄한 문서였다. 그런

쓰레기는 벽난로에 던져버리는 게 내 방침이었지만, 이번만 예외로 했다.

클루지의 유서였다. 유언 검인 법원에서 꽤 재미있게 읽어볼 것 같았다.

클루지는 자신이 존재하지 않는다고 다시 언급했다. 그래서 그에게는 친척이 있을 수 없다고 했다. 클루지는 자신의 모든 재산을 받을 자격이 있는 사람에게 주기로 결심했다.

하지만 누가 자격이 있을까? 클루지는 궁금했다. 글쎄, 길 아래 네 번째 집에 사는 퍼킨스 부부는 아니었다. 그들은 아동 학대자들이었다. 클루지는 버펄로와 마이애미의 법원 기록과 이 지역에 계류 중인 사건을 인용했다.

길 건너에서 서로 다섯 집 떨어져 사는 래드너 부인과 폴론스키 부인은 남의 이야기하기를 좋아했다.

앤더슨 부부의 장남은 자동차 도둑이었다.

마리안 플로레스는 고등학교 대수학 시험에서 부정행위를 했다.

근처에 사는 한 남자는 고속도로 건설 공사를 이용해 도시를 상대로 사기를 치고 있었다. 이웃의 한 부인은 방문 판매원과 잠자리를 가졌다. 다른 남자와 외도하는 아내가 둘이었다. 여자 친구를 임신시키고 헤어진 후 친구들에게 자랑한 10대 소년도 있었다.

인근 지역에는 국세청에 소득을 신고하지 않았거나, 소득 공제액을 부풀린 부부가 최소 열아홉 쌍 있었다.

클루지의 뒷집에는 밤새도록 짖어대는 개가 있었다.

뭐, 그 개에 대해서는 내가 증인이 될 수 있다. 나도 그 개 때문에 자주 잠을 설쳤다. 하지만 나머지는 미친 소리였다! 첫 번째, 불법적인 마약을 750 리터나 가지고 있던 남자가 대체 무슨 자격으로 이웃을 그렇게 엄격하게 판단한단 말인가? 아동 학대자들은 그렇다고 쳐도, 아들이 차를 훔쳤다는 이유로 온 가족에게 똥칠하는 게 옳은가? 그리고 두 번째, 클루지는 이런 것들을 어떻게 알아냈을까?

하지만 더 있었다. 정확히 말하자면, 바람을 피운 남편은 네 명이었다. 한 명은 해럴드 '할' 래니어로, 로스앤젤레스 경찰국 자료처리실에서 함께 일하는 동료 토니 존스라는 여자와 3년째 만나고 있었다. 여자는 이혼하라고 래니어를 압박했는데, 래니어는 '아내에게 말할 적절한 시기를 기다리는 중'이었다.

래니어를 힐끗 쳐다봤다. 그의 붉게 달아오른 얼굴이 내가 알고 싶은 모든 사실을 확인해주었다.

그러다 문득 깨달았다. 클루지가 나에 대해서는 뭘 알아냈을까?

나는 서둘러 페이지를 훑어 내려가며 내 이름을 찾았다. 마지막 단락에서 찾았다.

"… 에이펠 씨는 30년 동안 자신이 저지르지도 않은 실수에 대한 대가를 치르고 있다. 나는 그를 성인으로 추대할 생각은 없지만, 다른 이유가 없는 한 내 부동산과 그 위에 있는 건물에 대한 모든 증서와 소유권을 빅터 에이펠에게 넘긴다."

오스본 형사를 바라보니, 피곤한 눈빛으로 나를

지긋이 보고 있었다.

"하지만 난 이걸 원하지 않아요!"

"이게 클루지 씨가 전화에서 말했던 보상이라고 생각하시나요?"

"그렇겠죠. 다른 게 뭐가 있겠어요?" 내가 말했다.

오스본이 한숨을 내쉬며 의자에 기대앉았다. "적어도 당신에게 약을 남기려 하진 않았군요. 아직도 그 사람을 모른다고 하실래요?"

"지금 나한테 죄를 씌우려는 건가요?"

오스본이 양팔을 벌리며 말했다. "에이펠 씨, 간단한 질문 하나만 할게요. 당신도 그 사람이 자살했다고 100퍼센트 확신하지 않잖아요. 타살일 수도 있습니다. 만일 살인이라면, 지금까지 우리가 아는 한 그의 죽음으로 이득을 본 사람은 당신이 유일합니다. 그건 당신도 이해할 수 있을 거예요."

"나는 거의 모르는 사람이었어요."

오스본이 자기 손에 들고 있는 컴퓨터 출력물을 두드리며 고개를 끄덕였다. 나는 내 손에 있는 복사본을 다시 보며 그게 사라져버리길 바랐다.

"그런데 여기서… 당신이 하지 않았던 실수라는 게 무슨 뜻인가요?" 형사가 물었다.

나는 그 질문이 나올까 봐 두려워하고 있었다.

"나는 한국전쟁 당시 북한에 잡힌 전쟁포로였어요." 내가 말했다.

오스본이 한동안 그 말을 곱씹었다.

"놈들이 당신을 세뇌했었나요?"

"네." 나는 의자 손잡이를 손으로 때리며 벌떡 일어나 움직일 수밖에 없었다. 방이 갑자기 추워졌다. "아뇨, 나는 아니… 그 세뇌는 간단하게 이야기할 수 있는 문제가 아니에요. 그들이 나를 '세뇌'했는가? 네. 성공했는가? 혹은 내가 그들에게 잡힌 상태에서 전쟁 범죄를 자백하고 미국 정부를 비난했는가? 아니요."

다시 한번, 형사가 피곤에 찌든 눈으로 나를 세심히 살펴보는 게 느껴졌다.

"그건 잊어버릴 수 있는 일이 아니에요." 내가 말했다.

"그 일에 대해 뭔가 할 말이 있나요?" 형사가

물었다.

"그냥 모든 게 너무… 아뇨, 아니에요. 더 이상 할 말이 없어요. 당신뿐 아니라 다른 누구에게도 할 말이 없어요."

"클루지의 죽음에 대해 당신에게 더 물어봐야 할 게 있습니다."

"그건 변호사를 대동해야 할 것 같네요." 맙소사. 이제 나는 변호사를 구해야 한다. 어디서부터 시작해야 할지 모르겠다.

오스본이 다시 고개를 끄덕였다. 그리고 자리에서 일어나 문으로 갔다.

"저는 이 사건을 자살로 기록할 준비가 되어 있습니다." 오스본 형사가 말했다. "유일하게 신경 쓰였던 건 유서가 없다는 사실이었는데, 이제 유서가 생겼잖아요." 형사가 클루지의 집 방향을 가리키며, 화난 표정을 짓기 시작했다.

"이 사람은 유서를 쓴 것뿐 아니라, 팩맨에 나오는 특수효과까지 완벽하게 적용해서 컴퓨터에 빌어먹을 프로그램을 작성해놨어요.

이제는 나도 사람들이 미친 짓을 한다는 건 알아요. 형사 생활을 하며 충분히 많이 봤으니까요. 하지만 컴퓨터가 찬송가를 연주하는 소리를 들었을 때, 이게 살인이라는 생각이 들었습니다. 솔직히 말해서, 에이펠 씨, 전 당신이 범인이라고 생각하지 않아요. 그 인쇄물에 있는 살인 동기만 해도 스무 가지가 넘어요. 어쩌면 클루지는 주변 사람들을 협박했을지도 모릅니다. 그렇게 번 돈으로 그 많은 기계를 샀을 수도 있죠. 그리고 그렇게 많은 마약을 가진 사람들은 일반적으로 폭력적으로 살해당합니다. 이 사건에 대해서는 할 일이 많지만, 꼭 범인을 찾아내겠습니다." 형사는 나더러 동네를 떠나지 말고 나중에 보자고 작게 말한 후 떠났다.

"빅터…." 래니어가 말했다. 내가 그를 돌아봤다.

"그 인쇄물 말이에요." 래니어가 말했다. "고맙게 생각할게요…. 음, 경찰은 비밀을 유지해주겠다고 했어요. 내가 무슨 말을 하는지 알죠?" 래니어는 바셋하운드처럼 애처로운 눈을 가졌다. 전에는 그런 사실을 알지 못했다.

"래니어, 집으로 그냥 돌아가요. 나에게는 아무것도 걱정할 필요 없어요."

래니어가 고개를 끄덕이고, 허겁지겁 문을 나섰다.

"어떤 내용도 새어나가지 않을 거예요." 래니어가 말했다.

당연히 새어나갔다.

클루지가 사망하고 며칠 후 도착하기 시작한 편지들이 없었더라도 아마 알려졌을 것이다. 편지에는 모두 뉴저지주 트렌튼 소인이 찍혀 있었는데, 컴퓨터로 인쇄된 것이라 전혀 추적할 수가 없었다. 편지에는 클루지가 유서에서 언급했던 사항들이 자세히 적혀 있었다.

당시에는 그런 사실을 전혀 몰랐다. 래니어가 떠난 후, 나는 종일 침대에 전기담요를 덮고 누워 있었다. 발을 따뜻하게 할 수가 없었다. 그래서 욕조에 몸을 담그거나 샌드위치를 만들 때만 침대에서 일어났다.

기자들이 문을 두드렸지만, 나는 대답하지 않았다. 다음 날 나는 형사 전문 변호사에게 전화해서, 그를 변호사로 선임했다. 마틴 에이브럼스 변호사였는데, 전화번호부에 처음 나오는 이름이었다. 변호사는 경찰이 나를 경찰서로 불러 신문할 것이라고 했다. 나는 변호사에게 가지 않겠다고 말하고, 다일랜틴 두 알을 먹은 후 침대로 달려갔다.

동네에서 사이렌 소리가 몇 번 들렸다. 한번은 길에서 고성으로 말싸움하는 소리도 들렸다. 내다보고 싶은 유혹을 참았다. 살짝 호기심이 일었다는 사실은 인정하지만, 호기심 많은 고양이가 결국 어떻게 되는지 나는 잘 알고 있었다.

오스본 형사가 돌아오기를 계속 기다렸지만, 그는 돌아오지 않았다. 그렇게 하루가 일주일로 바뀌었다. 그 일주일 동안 흥미로운 일은 딱 두 가지뿐이었다.

첫 번째는 누군가가 내 문을 두드린 일이었다.

클루지가 죽은 지 이틀 후였다. 커튼 너머로 은색 페라리가 도로변에 주차된 모습이 보였다. 현관에 누가 있는지 보이지 않아서, 내가 누구냐고 물었다.

"저는 리사 푸예요. 잠시 들러달라고 하셨죠?" 여자가 말했다.

"전 그런 기억이 없습니다."

"여기가 찰스 클루지 씨 댁 아닌가요?"

"거긴 옆집입니다."

"아, 죄송합니다."

리사 푸에게 클루지가 사망했다는 사실을 알려 줘야겠다고 마음먹고 문을 열었다. 여자가 돌아서며 나를 향해 미소를 지었다. 눈이 부셨다.

리사 푸에 대해 어디서부터 설명해야 할까? 신문에서 일본의 히로히토 일왕과 도조 내각총리대신에 대한 시사만화를 싣고, 〈타임〉지가 '왜놈(Jap)'이라는 단어를 부끄러움 없이 사용하던 시절이 기억나는가? 축구공처럼 넓적한 얼굴에 주전자 손잡이 같은 귀, 두꺼운 안경, 두 개의 큰 토끼 이빨, 가느다란 콧수염을 가진 작은 남자들….

콧수염만 빼면, 리사는 그 만화의 도조와 쏙 빼닮았다. 안경과 귀, 치아까지 똑같았다. 하지만 치아에는 철조망으로 감싼 피아노처럼 교정기가 달려 있었다. 그리고 키는 175센티미터 정도였는데, 몸무게는 50킬로그램을 넘지 않았을 것이다. 45킬로그램이라고 말하고 싶지만, 양쪽 가슴에 각각 2.5킬로그램씩 더했다. 가냘픈 체구에 비해 가슴이 믿을 수 없을 정도로 커서, 티셔츠에 새겨진 메시지는 'POCK LIVE'라는 문구만 읽을 수 있었다. 리사가 옆으로 돌아섰을 때 비로소 단어 앞뒤의 S가 보였다. SPOCK LIVES(스팍은 살아 있다).

　　리사가 가냘픈 손을 내밀었다.

　　"당분간 제가 당신의 이웃이 될 것 같네요." 리사가 말했다. "최소한 옆집의 용의 소굴을 다 정리할 때까지는요." 굳이 리사의 억양을 지적하자면, 캘리포니아 샌퍼낸도 밸리의 억양이었다.

　　"좋군요."

　　"그분을 아시나요? 클루지 말이에요. 아무튼, 자기 이름이 그렇다고 했죠."

"클루지(Kluge)가 그 사람의 이름이 아니라고 생각하는 건가요?"

"의심스러워요. 독일어로 '클루크(Klug)'는 영리하다는 뜻이죠. 그리고 해커들이 교묘하다는 뜻으로 사용하는 속어이기도 해요. 그는 확실히 교묘한 사람이었어요. 틀림없이 여기 웻웨어(wetware)에 결함이 조금 있었을 거예요." 리사가 의미심장한 표정을 지으며 자기 옆머리를 손가락으로 두드렸다. "키를 입력하려 할 때마다 바이러스, 유령, 악마가 튀어나오고, 소프트웨어가 썩고, 비트버킷은 넘쳐나고⋯."

리사는 잠시 그런 맥락의 말을 조잘거렸다. 스와힐리어 같기도 했다.

"클루지의 컴퓨터에 악마가 있다는 말인가요?"

"네, 맞아요."

"무당이 필요하겠네요."

리사가 엄지손가락으로 자기 가슴을 가리키며, 치아의 반을 내보였다.

"그게 저예요. 그런데, 가봐야겠어요. 언제든 저

를 보러 들르세요."

이번 주의 두 번째 흥미로운 사건은 그다음 날
일어났다. 내 은행 계좌의 입출금 명세서가 도착했
다. 세 개의 입금이 기재되어 있었다. 첫 번째는 재
향군인회가 보낸 일반 수표로 487달러가 입금되
었다. 두 번째는 부모님이 15년 전에 내게 남겨주
신 돈에 대한 이자 392.54달러였다.

세 번째는 찰스 클루지가 사망한 날인 20일에
입금되었다. 700,083달러 4센트였다.

며칠 후, 할 래니어가 들렀다.

"정말 대단한 한 주였어요." 래니어가 말했다. 그
리고 소파에 털썩 앉으며 모든 이야기를 들려줬다.

이 동네에서 두 번째 사망자가 발생했다. 그 편
지가 약간의 풍파를 일으켰는데, 특히 경찰이 집마
다 방문해서 사람들에게 질문을 했을 때 문제가
발생했다. 어떤 사람은 경찰이 접근하고 있다는 확
신이 들었을 때 자백했다. 남편이 직장에 있을 때

영업사원과 즐겼던 여자는 불륜을 인정했는데, 남편이 여자를 쐈다. 남편은 카운티의 감옥에 갇혔다. 그게 최악의 사건이긴 했지만, 주먹다짐부터 창문에 돌을 던진 일까지 다른 사건들도 있었다. 래니어에 따르면, 국세청이 이 동네에 지사를 세울 생각을 하고 있었기 때문에, 많은 사람이 회계감사를 받고 있다고 한다.

나는 70만 83달러에 대해 생각했다.

그리고 4센트.

나는 아무 말도 하지 않았지만, 발이 차가워지고 있었다.

"나와 아내는 어떻게 지내는지 궁금하죠?" 이윽고 래니어가 말했다. 나는 궁금하지 않았다. 그런 이야기를 듣고 싶지 않았지만, 공감하는 표정을 지으려 노력했다.

"이제 다 끝났어요." 래니어가 만족스러운 표정으로 한숨을 내쉬며 말했다. "나와 토니의 관계 말이에요. 아내에게 모든 사실을 다 털어놨어요. 며칠 동안은 정말 안 좋았지만, 이제는 우리 결혼 생활이 더 단단해진 것 같아요." 래니어는 잠시 침묵을 지키며, 그 따스한 감정을 만끽했다. 나는 훨씬 더 심한 도발에도 평온한 표정을 유지했던 적이 있으므로, 이번에도 충분히 잘했을 거라고 믿었다.

래니어는 그들이 클루지에 대해 알아낸 사실들을 모두 이야기해주고 싶어 했다. 그리고 나를 저녁 식사에 초대하려 했지만, 나는 전쟁 때 입은 부상 때문에 몹시 힘들다고 말하며 두 가지 모두 거절했다. 내가 막 래니어를 문까지 데려갔을 때 오스본 형사가 문을 두드렸다. 형사를 집으로 들일 수밖에 없었다. 래니어도 가지 않고 머물렀다.

나는 오스본에게 커피를 권했다. 그가 흔쾌히 받았다. 오늘은 형사가 조금 달라 보였다. 처음에는 어떤 부분이 달라 보이는지 몰랐다. 늘 보던 피곤한 얼굴… 아니, 그렇지 않았다. 대부분의 피로한 얼굴은 대체로 연기이거나, 경찰에게 내재된 냉소주의였다. 오늘은 진짜로 피곤한 얼굴이었다. 피곤함이 그의 얼굴에서 어깨로, 양손으로, 걸음걸이로, 그리고 의자에 털썩 앉는 자세로 옮겨져 있었다. 그에게는 패배의 신랄한 기운이 감돌았다.

"내가 아직도 용의자인가요?" 내가 물었다.

"혹시 변호사를 불러야 하냐는 뜻인가요? 귀찮게 그러지 마세요. 당신을 아주 꼼꼼히 조사했지만, 용의자로 잡아두기에는 부족합니다. 당신에게는 범행 동기가 충분치 않아요. 내 생각엔 마리나에 있는 코카인 판매상들이 당신보다 클루지를 죽일 이유가 훨씬 많을 것 같아요." 오스본이 한숨을 뱉었다. "몇 가지 물어보고 싶은 게 있습니다. 대답하지 않아도 괜찮습니다."

"해보세요."

"클루지에게 평소와 다른 방문객이 있었는지 기억나나요? 밤에 드나드는 사람은?"

"내가 기억하는 유일한 방문객은 배달원들이었어요. 우체국, 페더럴 익스프레스, 화물운송 회사… 그런 사람들이요. 아마 약을 그런 방식으로 받았을 것 같아요."

"우리도 그렇게 생각합니다. 클루지가 푼돈을 주고받는 거래를 했을 것 같지는 않아요. 분명히 그는 중개상이었을 겁니다. 약을 배송받아 다시 배송해줬겠죠." 오스본이 한참을 곰곰이 생각하더니 커피를 홀쩍였다.

"그래서 수사에 진전이 있었나요?" 내가 물었다.

"진실을 알고 싶으세요? 사건은 똥통으로 들어가고 있어요. 살인 동기가 너무 많은데, 그중 하나도 제대로 된 게 없어요. 우리가 아는 한, 이 동네에 사는 어떤 사람도 클루지가 그렇게 많은 정보를 가졌을 거라고는 생각하지 못했습니다. 은행 계좌들을 확인해봤지만, 협박의 증거를 찾을 수 없었습니다. 그러니 이웃들은 전혀 관련이 없는 사람들입니다. 하지만 만일 클루지가 살아 있었다면, 이 근처에 사는 사람들 대부분이 지금 당장 죽여버리고 싶을 겁니다."

"당연하죠." 래니어가 말했다.

오스본이 자기 허벅지를 손바닥으로 때렸다. "그 개자식이 살아 있었다면, 내가 죽여버렸을 겁니다." 형사가 말했다. "그런데 그 사람이 살아 있던 적이 없는 것 같다는 생각이 들기 시작했어요."

"무슨 말이죠?

"내가 그 빌어먹을 시체를 보지 않았다면…." 오스본 형사가 앉은 자리에서 살짝 허리를 펴며 똑바로 앉았다. "클루지는 자신이 존재하지 않았다고 했어요. 음, 그 사람은 실제로 존재하지 않았습니다. 전력 회사는 클루지에 대해 들어본 적이 없었습니다. 그 집은 그들의 전선에 연결되어 있고, 검침원이 매달 방문했지만, 회사는 클루지에게 단 1킬로와트도 청구하지 않았어요. 전화 회사도 마찬가지입니다. 클루지의 집에는 전화 회사에서 만들고, 전화 회사가 전송하고, 전화 회사가 설치한 교환기가 통째로 있지만, 전화 회사에는 그에 대한 기록이 없어요. 우리는 교환기에 연결 작업을 한 사람과 이야기를 해봤습니다. 그 사람은 작업 기록을 회사에 제출했는데, 컴퓨터가 그 기록을 꿀꺽해버렸답니다. 클루지는 캘리포니아 어디에도 은행 계좌가 없었는데, 필요하지도 않았던 것 같습니다. 우리는 클루지에게 물건을 판매하고 발송한 후, 클루지의 계좌에서 대금이 입금된 것으로 기록하거나, 판매 사실

자체를 잊어버린 회사를 백 개 찾아냈습니다. 그중에는 존재하지 않는 계좌나 은행의 수표 번호와 계좌 번호를 장부에 기록해놓은 곳도 있습니다."

오스본이 의자의 등받이에 기댔다. 그는 모든 상황이 엉망진창인 것에 화가 끓어올랐다.

"우리가 찾아낸 사람은 한 명뿐이었습니다. 한 달에 한 번씩 식료품을 배달하던 사람 한 명만 클루지에 대해 알고 있었어요. 세풀베다에 있는 작은 식료품 가게였죠. 가게엔 컴퓨터가 없고 종이 영수증만 있었습니다. 클루지는 수표로 지불했습니다. 웰스파고 은행은 수표를 접수했고, 한 번도 부도처리를 한 적이 없었어요. 하지만 클루지라는 사람에 대해서는 들어본 적도 없답니다."

나는 곰곰이 생각했다. 오스본이 이 시점에 나에게 무언가를 기대하는 것 같아서 한마디 던졌다.

"그 사람이 이 모든 걸 컴퓨터로 했다고요?"

"맞아요. 이제 식료품 구매 사기에 대해서는 어느 정도 이해했습니다. 하지만 클루지는 자주 컴퓨터의 기본 프로그램에 바로 뛰어들어 자신의 존재를 지워버렸습니다. 전력 회사는 클루지에게 아무 것도 팔지 않았다고 생각했기 때문에, 수표든 뭐든 어떤 방식으로도 돈을 받지 않았던 거죠.

정부 기관도 클루지에 대해 들어본 적이 없답니다. 우체국부터 CIA까지 모두 기관에 확인해봤습니다."

"클루지라는 이름도 가명이겠네요?" 내가 물었다.

"네. 그렇지만 FBI도 그 사람의 지문을 갖고 있지 않았습니다. 언젠가는 누군지 알아낼 수 있겠죠. 하지만 그렇다고 해도 그 사람이 살해당했는가 하는 진실에는 가까워질 수 없습니다."

오스본 형사는 이 사건의 중범죄 부분을 간단히 종결하고, 자살로 분류한 후 잊어버리라는 압력이 있었다고 인정했다. 그러나 오스본은 그가 자살했다고 믿지 않았다. 당연히 민사 쪽에서는 클루지의 모든 속임수를 추적하기 위해 한동안 조사를 계속할 것이다.

"모든 건 드래곤 레이디에게 달렸어요." 오스본이 말하자, 래니어가 코웃음을 쳤다.

"그럴 리가 없지." 래니어가 말했다. 그리고 보트 피플에 대해 뭔가 중얼거렸다.

"그 여자 말인가요? 아직도 저기에 있나요? 그 여자는 누구예요?" 내가 물었다.

"그 여자는 칼텍에서 온 천재적인 두뇌예요. 우리가 칼텍으로 전화해서 문제가 생겼다고 했더니, 그 여자를 보냈습니다." 리사가 어떤 도움을 줄 수 있을지에 대해 오스본이 어떻게 생각하는지는 얼굴만 봐도 알 수 있었다.

마침내 두 사람을 쫓아냈다. 그들이 길을 따라 걸어가는 동안, 나는 클루지의 집을 내다봤다. 역시나 리사 푸의 은색 페라리가 클루지 집의 진입로에 세워져 있었다.

나는 거기로 갈 일이 없었다. 그건 내가 누구보다 잘 알았다.

그래서 저녁 식사를 준비하기 시작했다. 참치 캐서롤을 만들었다. 내가 만드는 방법은 그 이름만큼 맛있지 않았다. 아무튼 참치 캐서롤을 만들어오븐에 넣고, 샐러드 재료를 고르기 위해 채소밭으로 나갔다. 방울토마토를 썰면서 백포도주 한 병을 시원하게 만들까 하다가, 문득 이 정도면 둘이 먹기에 충분하다는 생각이 들었다.

나는 조급하게 결정하는 성격이 아니라서, 자리에 앉아 한참을 고민했다. 최종적으로 내 마음을 결정한 것은 내 발이었다. 일주일 만에 처음으로 발이 따뜻했다. 그래서 난 클루지의 집으로 갔다.

현관문이 열려 있었다. 방충망도 없었다. 집이 활짝 열려 있고, 아무도 지키고 있지 않으면 대단히 불안해 보인다는 사실이 재미있었다. 현관에 서서 고개를 넣어봤지만, 복도만 보일 뿐이었다.

"미스 푸?" 내가 불렀다. 대답이 없었다.

내가 지난번에 여기 왔을 때는 시체를 발견했었다. 나는 서둘러 들어갔다.

리사 푸는 컴퓨터 단말기 앞의 피아노 의자에 앉아 있었다. 리사의 옆모습이 보였는데, 등이 매우 곧았다. 갈색 다리로 책상다리 자세로 앉아 있었으며, 손가락은 키보드에 올려놨는데, 앞에 있는 모니터에 글자들이 빠르게 뿌려지고 있었다. 리사가 고개를 들고, 나를 향해 치아를 빛냈다.

"누가 당신 이름이 빅터 에이펠이라고 말해줬어요." 리사가 말했다.

"네. 어, 문이 열려 있었어요…."

"더워서요." 리사는 사람들이 땀에 젖었을 때 그러듯 셔츠의 목 근처를 손가락으로 집어서 위아래로 흔들었다.

"뭘 도와드릴까요?"

"아뇨, 별로." 내가 어두운 거실로 들어가는데 뭔가가 발에 걸렸다. 점보 피자를 배달할 때 사용하는 크고 두꺼운 골판지 상자였다.

"저녁을 준비하고 있었는데, 2인분으로 충분할 것 같아서요. 혹시…." 또 다른 사실을 알아챈 나의 말소리가 잦아들었다. 나는 리사가 반바지를 입고 있다고 생각했었다. 하지만 사실 리사가 입은 것은 셔츠와 분홍색 비키니 팬티뿐이었다. 그런데도 이 상황을 불편해하는 것 같지는 않았다.

"…저녁 같이 먹을래요?"

리사가 더욱 환하게 미소를 지었다.

"그러면 정말 좋죠." 리사가 말했다. 그러고는 힘들이지 않고 다리를 풀고 벌떡 일어나더니, 땀과 달콤한 비누 냄새를 흘리며 내 옆을 스쳐 지나갔다. "금방 올게요."

다시 거실을 둘러봤지만, 내 마음은 이미 계속 리사에게 향했다. 리사는 피자에 펩시콜라를 마시는 것을 좋아하는지, 빈 캔이 수십 개 있었다. 리사의 무릎과 위쪽 허벅지에는 깊은 흉터가 있었다. 재떨이는 비어 있었고… 리사가 걸을 때마다 종아리의 긴 근육이 단단해졌다. 클루지는 담배를 피웠을 테지만, 리사는 피우지 않았다. 리사의 등허리 잘록한 부분에 난 솜털이 컴퓨터의 녹색 불빛에 살짝 보였다. 화장실 세면대에서 물 흐르는 소리가 들렸다. 수십 년 동안 보지 못했던 글씨로 쓰인 노란 노트가 보였고, 비누 냄새가 풍겼다. 황갈색 피부와 여유로운 걸음걸이가 기억났다.

리사는 샌들을 신고, 반바지 형태로 자른 청바지와 새 티셔츠를 입고 복도로 나왔다. 조금 전까지는 '버로우즈 사무용 시스템' 광고가 새겨진 티셔츠를 입고 있었는데, 이번에는 미키 마우스와 백설 공주의 성이 그려져 있었고, 방금 세탁한 면의 냄새가 났다. 미키의 귀가 리사의 부조화한 가슴 위쪽으로 꺾여져 있었다.

나는 리사를 따라 문밖으로 갔다. 셔츠 뒷면의 팅커벨이 요정 가루를 뒤집어쓰고 반짝거렸다.

"이 주방이 마음에 들어요." 리사가 말했다.

리사가 그 말을 해주기 전까지는 주방을 제대로 살펴본 적이 없었다.

이 주방은 타임캡슐이나 마찬가지였다. 마치 50년대 초에 발간된 〈라이프〉 잡지에서 통째로 꺼내온 것 같았다. 윗부분의 모서리가 뭉뚝한 프리지데어의 냉장고가 있었는데, '프리지데어'라는 상표가 크리넥스나 코크처럼, 냉장고를 대표하는 단어로 사용되던 당시에 생산된 구형 제품이었다. 조리대는 요즘 욕실에서나 볼 수 있는 노란색 타일이었다. 포마이카 합성수지는 눈곱만큼도 없었다. 식기 세

척기 외에 와이어 선반과 이중 싱크가 있었다. 전기 깡통따개나 쿠진아트 주방 기구, 쓰레기 압축기, 전자레인지 같은 건 없었다. 주방 전체에 가장 최신 제품은 15년 된 믹서기였다.

나는 손재주가 괜찮다. 그래서 물건을 고치는 것을 좋아한다.

"이 빵은 정말 맛있네요." 리사가 말했다.

내가 직접 구운 빵이었다. 나는 리사가 빵 껍질로 접시에 묻는 소스를 긁어 먹는 모습을 지켜봤다. 리사가 한 접시 더 먹어도 되냐고 물었다.

빵으로 접시를 긁어 먹는 게 예의가 아니라는 사실은 잘 알았지만, 나는 신경 쓰지 않았다. 나도 그렇게 먹기 때문이었다. 그리고 그것 외에 리사의 예의는 흠잡을 데 없이 완벽했다. 리사는 내 캐서롤을 3인분이나 깨끗이 먹어 치워서, 식사를 마쳤을 때는 접시를 거의 닦을 필요도 없었다. 나는 식욕을 간신이 억눌렀다.

리사는 자기 의자로 다시 돌아가 앉았다. 내가 리사의 잔에 백포도주를 따라주었다.

"완두콩 좀 더 안 드실래요?"

"꽉 찼어요." 리사가 만족스럽게 배를 두드렸다. "정말 고마워요, 에이펠 씨. 집에서 만든 음식을 먹어본 게 정말 오래됐거든요."

"그냥 편하게 빅터라고 불러요."

"미국 음식을 정말 좋아해요."

"미국 음식이란 게 있는지 몰랐네요. 그러니까 중국 음식과는 달리…. 당신은 미국인이죠?" 리사는 그냥 미소만 지었다. "내 말은…."

"무슨 말인지 알아요, 빅터. 나는 미국 시민이지만, 미국 태생은 아니에요. 잠깐 실례해도 될까요? 이렇게 직접적으로 말하는 게 실례라는 건 알지만, 교정기 때문에 식사를 마치면 바로 칫솔질을 해야 하거든요."

나는 식탁을 치우면서 리사가 내는 소리를 들었다. 나는 싱크대에 물을 받아 설거지를 시작했다. 얼마 지나지 않아 리사는 내가 말려도 행주를 집어 들고 선반에 있는 그릇들을 닦기 시작했다.

"여기서 혼자 사세요?" 리사가 물었다.

"네. 부모님이 돌아가신 후 줄곧 여기서 살았어요."

"결혼은 하셨나요? 제가 상관할 일이 아니라면, 대답하지 않아도 돼요."

"괜찮아요. 아뇨, 결혼한 적은 없어요."

"여자 없이도 꽤 잘 지내시네요."

"연습을 많이 했거든요. 뭐 하나 물어봐도 될까요?"

"그러세요."

"어디서 왔어요? 대만?"

"전 언어에 재능이 있어요. 고향에서는 어설픈 미국식 영어를 썼지만, 여기에 오자마자 안 좋은 습관을 말끔히 정리했죠. 썩은 프랑스어, 교양 없는 중국어의 네다섯 가지 지방 사투리, 시궁창 베트남어, 그리고 '나 미국 영사 만나고 싶어, 빨리, 빨리!'라고 외칠 수 있을 정도의 태국어를 구사할 수 있어요."

내가 웃음을 터뜨렸다. 리사가 그 말을 할 때는 억양이 상당히 강했다.

"미국에 온 지는 8년 됐어요. 제 고향이 어딘지 알겠어요?"

"베트남?" 내가 어림짐작으로 말했다.

"사이공에서 길가에서 태어났어요. 혹은 파자마 입은 놈들이 이름을 바꾼 대로 호치민의 똥. 놈들의 자지가 썩어서 떨어지고, 엉덩이에는 삐죽삐죽한 부비트랩이 잔뜩 박히길 기원합니다. 엉터리 불어는 죄송."

리사가 쑥스러운 표정으로 고개를 숙였다. 가볍게 시작한 분위기가 순식간에 뜨거워졌다. 나는 리사에게서 내 상처만큼이나 깊은 상처를 느껴졌다. 우리는 둘 다 상처에서 뒤로 물러났다.

"일본인이라고 생각했어요." 내가 말했다.

"그랬군요, 정말 짜증 나지 않아요? 그 사연은 언젠가 이야기해줄게요. 빅터, 저기 문으로 들어가면 세탁실인가요? 전기세탁기가 있나요?"

"맞아요."

"내가 빨래를 돌려도 될까요?"

나는 상관없었다. 리사에게는 색이 바랜 청바지 일곱 벌이 있었는데, 몇 벌은 다리를 자른 반바지였다. 그리고 티셔츠가 스무 장 정도 있었다. 주름

장식이 달린 속옷을 빼면 남자아이의 옷과 구별이
되지 않았다.

우리는 뒷마당에서 석양의 마지막 햇살을 받으
며 자리를 잡고 앉았다. 곧 리사가 채소밭을 봤다.
나는 그 밭에 자부심이 있었다. 건강할 때는 1년 내
내 주로 아침 시간에 네다섯 시간씩 밭에서 일했다.
남부 캘리포니아에서는 1년 내내 채소가 자란다.
내가 직접 지은 자그마한 온실도 있었다.

현재 밭의 모습은 최상이 아니었지만, 리사는
좋아했다. 나는 지난 일주일을 거의 침대와 욕조에
서 보냈다. 그 결과, 잡초가 여기저기 삐져나온 상
태였다.

"어렸을 때 우리 집에도 채소밭이 있었어요. 그
리고 논에서 2년을 보냈죠."

"이 밭과는 아주 달랐겠네요."

"당연하죠. 난 그 뒤로 몇 년 동안 쌀을 안 먹었
어요."

리사는 진딧물이 잔뜩 있는 모습을 보고 쪼그려
앉아 잡았다. 리사는, 내가 기억은 하고 있지만 절

대로 흉내 낼 수 없는, 아시아 농민들의 '이중 관절 자세'로 앉아 있었다.[*] 리사의 손가락은 길고 가늘었는데, 곧 짓눌린 벌레들 때문에 손가락 끝이 녹색으로 변했다.

우리는 이런저런 이야기를 나눴다. 어떻게 시작되었는지는 기억나지 않지만, 나는 리사에게 한국전쟁에 참전했다고 말했다. 그리고 리사가 스물다섯 살이라는 사실을 알게 됐다. 우리는 생일이 같았는데, 몇 달 전에 내 나이가 정확히 리사의 두 배였던 때가 있었다.

클루지의 이름이 화제로 오른 것은 리사가 요리를 좋아한다고 말했을 때뿐이었다. 리사는 클루지의 집에서 요리를 할 수 없었다.

"차고에 있는 냉장고에 냉동된 저녁밥이 가득 있어요." 리사가 말했다. "클루지는 접시 하나, 포크 하나, 숟가락 하나, 유리잔 하나만 가지고 있었어요. 그리고 현재 판매되는 가장 좋은 전자레인지

---

[*]   쪼그려 앉은 자세를 의미한다.

가 있어요. 그게 다예요. 주방에 다른 건 전혀 없어요." 리사가 고개를 절레절레 흔들며 진딧물을 처치했다. "정말 이상한 사람이었어요."

리사의 빨래가 다 끝났을 때는 늦은 저녁이라 거의 어두워진 상태였다. 리사가 내 고리버들 바구니에 빨래를 담아 와서, 우리는 함께 빨랫줄에 널었다. 빨래 널기는 놀이가 되었다. 나는 티셔츠를 털면서 그림이나 메시지를 살펴봤다. 가끔은 알아봤지만, 무슨 내용인지 못 알아볼 때도 있었다. 록 그룹의 사진이나 로스앤젤레스의 지도, 스타트렉 관련 사진 등 온갖 종류가 있었다.

"L5 소사이어티가 뭔가요?" 내가 물었다.

"우주에 거대한 농장을 짓고 싶어 하는 사람들이에요. 그 사람들에게 쌀을 재배할 거냐고 물었더니, 쌀은 무중력에서 기르기에 적합하지 않다고 하길래, 그 셔츠를 샀어요."

"이런 게 몇 벌이나 있어요?"

"4, 5백 벌은 될 거예요. 보통 두세 번 입고 버려요."

내가 다른 셔츠를 집어 들었는데, 브래지어가 떨어졌다. 내가 어렸을 때 여자아이들이 입던 브래지어와 달랐다. 매우 얇고, 왠지 더 기능적인 것 같았다.

"마음에 들어요, 양키?" 리사의 억양이 매우 진해졌다. "내 여동생을 봤어야 해요."

내가 힐끗 돌아보자, 리사가 고개를 숙였다.

"미안해요, 빅터." 리사가 말했다. "얼굴 붉힐 필요 없어요." 리사가 내게서 브래지어를 빼앗아 빨랫줄에 집게로 고정했다.

리사가 내 얼굴을 잘못 읽은 게 분명했다. 사실, 나는 당황하긴 했지만, 동시에 왠지 모르게 즐겁기도 했다. 누군가가 나를 빅터나 에이펠 씨가 아니라 다른 호칭으로 부른 건 정말 오랜만이었다.

다음 날 우편함에는 시카고의 법률사무소에서 온 편지가 들어 있었다. 70만 달러에 관한 편지였다. 그 돈은 1933년 내 노후를 위해 설립해둔, 델라웨어의 한 지주회사에서 온 것이었다. 어머니와 아버지가 그 회사의 설립자로 이름을 올렸었다. 장기 투자가 열매를 맺어서 최근에 뜻밖의 대박을 터뜨렸다. 내 계좌에 있는 액수는 세후 금액이었다.

겉으로 보기에는 말도 안 되는 일이었다. 우리 부모님은 그런 돈을 가져본 적이 없었다. 나도 그 돈을 원하지 않았다. 클루지가 누구에게서 훔쳤는지 알 수 있다면 돌려주었을 것이다. 내년 이맘때 감옥에 가지 않는다면, 전 재산을 자선단체에 기부하기로 결심했다. 고래 구조 단체나 L5 소사이어티에 기부할 수도 있다.

나는 아침을 채소밭에서 보냈다. 그 후 시장까지 걸어가서 신선한 소고기 분쇄육과 돼지고기를 샀다. 구입한 식료품을 접이식 철제 바구니에 담아 집으로 올 때 기분이 좋았다. 은색 페라리를 지나칠 때는 미소가 지어졌다.

리사는 빨래를 가지러 오지 않았다. 나는 빨래를 걷고 갠 후, 클루지 집의 문을 두드렸다.

"나예요, 빅터."

"들어와요, 양키."

리사는 전에 있던 그 자리에 있었다. 하지만 이번에는 점잖은 옷을 입고 있었다. 리사가 나를 보고 미소를 짓더니, 빨래 바구니를 보고 앞이마를 쳤다. 그리고 허겁지겁 바구니를 받아 갔다.

"미안해요, 빅터. 빨래를 가지러 가려고 했는데….'

"거정하지 말아요. 별일 아니에요. 덕분에 나와 다시 저녁 식사하고 싶은지 물어볼 기회가 생겼잖아요."

리사의 얼굴에 어떤 표정이 얼핏 나타났다가 사라졌다. 어쩌면 리사가 고백했던 것과 달리 '미국 음식'을 그다지 좋아하지 않은 건지도 모른다. 그게 아니라면, 요리사가 마음에 들지 않는 걸 수도 있다.

"좋죠, 빅터. 먹고 싶어요. 이것만 처리하고 갈게요. 저 커튼 좀 열어줄래요. 여기가 무덤 같아서요."

리사가 서둘러 자리를 떠났다. 리사가 이용하고 있던 모니터를 흘끗 봤더니, 화면은 비어 있었지만, 한 단어가 떠 있었다. 'intercourse-p'였다. 성교? 나는 오타라고 짐작했다.

내가 커튼을 걷었을 때, 마침 오스본 형사가 차를 도로변에 주차하는 모습이 보였다. 리사가 새 티셔츠를 입고 돌아왔다. 그 티셔츠에는 '호빗의 변화'라고 적혀 있고, 털북숭이 발의 생물이 쪼그리고 앉아 있는 모습이 그려져 있었다. 리사가 창문을 내다볼 때, 오스본이 인도를 따라 올라오는 모습이 보였다.

"내가 뭐라던가, 왓슨." 리사가 말했다. "런던 경찰청의 레스트레이드 경감이야, 안으로 모시게."

리사는 셜록 홈즈 흉내를 잘 내지는 못했다. 오스본이 안으로 들어오며 나를 미심쩍은 눈빛으로 쳐다봤다. 나는 웃음을 터뜨렸다. 리사는 무표정한 얼굴로 피아노 의자에 앉았다. 그러고는 한 팔을 키보드 옆에 올려놓고는 구부정한 자세로 나른한 표정을 지었다.

"음, 에이펠." 오스본 형사가 말문을 열었다. "드디어 클루지가 누구인지 알아냈습니다."

"패트릭 윌리엄 개빈." 리사가 말했다.

오스본은 한참이 지나서야 입을 다물 수 있었다. 그러고는 곧 다시 입을 열었다.

"아니 대체 어떻게 알아냈어요?"

리사가 옆에 있는 키보드를 느릿느릿 어루만졌다.

"글쎄요, 당연히 그 소식이 오늘 아침 당신 사무실로 전달될 때 알아냈죠. 당신의 컴퓨터에는 클루지라는 이름이 언급될 때마다 나에게 알려주는 작은 정보원 프로그램이 깔려 있어요. 하지만 난 그 프로그램도 필요가 없었어요. 닷새 전에 이미 알아냈거든요."

"그때 왜… 왜 나한테 말을 안 해줬나요?"

"당신이 묻지 않았으니까요."

두 사람은 한참 동안 서로를 노려봤다. 나는 어쩌다 이런 상황까지 왔는지 알지 못했지만, 그들이 조금도 서로를 좋아하지 않는다는 사실은 분명해 보였다. 리사는 막 유리한 고지에 올라왔고, 그 상황을 즐기는 것 같았다. 그러다 모니터를 힐끗 보고는 놀란 표정을 지으며 재빨리 키를 눌렀다. 리사가 뭔지 모를 눈빛으로 나를 쳐다보더니, 다시 오스본으로 눈길을 돌렸다.

"기억하시는지 모르겠지만, 당신이 나를 부른 것은 당신네 경찰들이 문제만 잔뜩 일으켰기 때문이었어요. 내가 여기 도착했을 때 이 시스템은 두뇌에 손상을 입어서, 사실상 치매나 다름이 없었어요. 시스템 대부분이 고장 나서 복구할 수도 없는 지경이었죠." 리사는 경멸하는 표정을 감추지 않았다.

"당신은 내가 경찰들보다 더 망가트릴 수는 없을 거라 판단했죠. 그래서 내게 시스템을 망가트리지 않고 클루지의 코드를 해독해보라고 요구했어요. 뭐, 해냈어요. 당신이 여기 와서 접속하기만 하면, 당신의 무릎에 수 톤 분량의 인쇄물을 다운로드해 줬을 거예요."

오스본 형사는 조용히 듣기만 했다. 어쩌면 그는 자신이 실수했다는 사실을 알고 있었는지도 모른다.

"뭘 찾았어요? 지금 보여줄 수 있나요?"

리사가 고개를 끄덕이더니, 키를 몇 개 눌렀다.

리사의 모니터와 오스본 옆에 있는 모니터에 글자들이 화면을 채우기 시작했다. 나는 자리에서 일어나 리사의 단말기 모니터를 읽었다.

클루지/개빈의 간단한 약력이었다. 나와 비슷한 또래였지만, 내가 이국땅에서 총을 맞고 있을 때, 그는 당시 막 시작된 초기 컴퓨터 산업에서 큰 성공을 거두었다. 클루지는 처음부터 그 분야의 많은 일류 연구 시설들에서 일한 경험이 있었다. 나는 그의 신원을 확인하는 데 일주일이나 걸렸다는 사실이 오히려 놀라웠다.

"이 내용을 일화적으로 정리했어요." 우리가 그 약력을 읽고 있을 때, 리사가 말했다. "개빈에 대해 가장 먼저 알아야 할 것은, 그가 전산화된 어떤 정보 시스템에도 존재하지 않는다는 사실이에요. 그래서 난 전국 각지의 사람들에게 전화를 걸었어요. 그건 그렇고, 개빈이 가진 전화 시스템도 흥미로워요. 전화를 걸 때마다 새로운 전화번호가 생성되기 때문에, 추적하거나 그 번호로 전화를 되걸 수 없게 되어 있어요. 아무튼, 나는 사람들에게 전화해서

50년대, 60년대에 최고 기술자가 누구였는지 묻기 시작했어요. 많은 이름이 나왔죠. 그 후에는, 컴퓨터 파일에 더 이상 존재하지 않는 사람을 찾아내는 게 문제였어요. 개빈은 1967년 사망한 것으로 위장했어요. 신문 자료에서 그 기록을 찾아냈죠. 개빈을 알고 지냈던 모든 사람이 그가 사망했다고 했어요. 플로리다에 종이 출생증명서가 있어요. 그게 내가 찾아낸 유일한 증거였어요. 개빈은 이 분야의 많은 사람이 알았지만, 세상에 아무런 흔적을 남기지 않은 유일한 사람이었어요. 그게 내게는 결정적인 증거인 것 같았어요."

오스본이 다 읽은 후 고개를 들었다.

"좋아요, 푸 씨. 또 뭘 알아냈나요?"

"개빈의 암호 몇 개를 풀었어요. 운 좋게도, 다른 사람의 프로그램을 공격하기 위해 개빈이 만들어놓은 약탈 프로그램을 손에 넣어서, 그가 만든 프로그램을 공격하는 데 이용할 수 있었어요. 암호의 소스에 대한 기록을 이용해 암호 파일을 풀었고요. 그리고 개빈의 속임수 몇 가지도 배웠어요. 하지만 아직 빙산의 일각에 불과해요."

리사가 거실에 있는 조용한 금속 두뇌를 향해 손짓하며 말했다.

"내가 아직 제대로 파악하지 못한 것은 이것의 정체예요. 이건 지금까지 고안된 것 중 가장 교활한 전자 무기예요. 마치 전함처럼 장갑을 두르고 있어요. 그럴 수밖에 없었을 거예요. 침입자를 붙잡고, 사냥개처럼 매달리는 매우 교묘한 프로그램이 잔뜩 들어 있어요. 침입자가 이 정도까지 들어오면 클루지가 막을 수 있어요. 하지만 대체로 침입자들은 자신이 털리는 줄도 몰랐을 거예요. 클루지는 순항 미사일처럼 낮고 빠르게, 그리고 이리저리 몸을 비틀며 접근했어요. 그리고 십여 개의 안전장치를 통과해 들어가 공격했죠.

클루지는 유리한 부분이 많았어요. 요즘 대형 시스템은 철저하게 보호돼요. 사람들은 암호와 매우 정교한 코드를 사용하죠. 하지만 클루지는 그 시스템들 대부분의 암호 시스템을 개발할 때 도움을 준 경험이 있어요. 자물쇠 수리공을 막으려면 정말 좋은 자물쇠가 있어야 하죠. 클루지는 많은 주요한 시스템을 설치할 때 도움을 줬어요. 그는 소프트웨어에 정보원을 숨겨뒀어요. 코드가 변경되면 컴퓨터가 알아서 그 정보를 클루지가 나중에 열어볼 수 있는 안전한 시스템으로 전송해줘요. 가장 거대하고, 가장 심술궂고, 가장 잘 훈련된 감시견을 고용한 것 같지만, 저녁이 되면 개를 훈련한 사람이 들어와 개의 머리를 쓰다듬고는 눈먼 당신을 강탈해가는 거죠."

그 외에도 많은 이야기가 있었지만, 리사가 컴퓨터 이야기를 시작한 후 내 머리의 90퍼센트가 작동불능에 빠졌다.

"알고 싶은 게 있어요, 오스본." 리사가 말했다.

"뭔데요?"

"여기서 내 지위가 뭔가요? 내가 당신을 대신해서 범죄를 해결해야 하는 건가요, 아니면 유능한 전문가가 처리할 수 있도록 이 시스템을 복구해야 하는 건가요?"

오스본 형사가 곰곰이 생각했다.

"내가 걱정하는 건…." 리사가 덧붙였다. "접근이 제한된 데이터뱅크를 너무 많이 들여보고 있다는 사실이에요. 누군가가 와서 문을 두드리고 나를 수갑으로 채울까 봐 걱정돼요. 당신도 걱정해야 해요. 이런 기관 중 일부는 강력계 경찰이 자신들의 문제를 들여다보는 걸 좋아하지 않을 거예요."

오스본이 그 말에 고개를 들었다. 어쩌면 리사가 의도한 게 그거였는지도 모른다.

"나보고 어쩌라는 거요?" 오스본이 으르렁거렸다. "당신에게 머물러달라고 빌어야 하나?"

"아뇨, 그냥 당신의 승인만 있으면 돼요. 서면으로 할 필요는 없어요. 당신이 내 뒤에 있다고 말해주기만 하면 돼요."

"이거 봐요. LA 카운티와 캘리포니아주가 아는 한 이 집은 존재하지 않습니다. 여기의 이 땅도 없어요. 조세 사정인의 기록에도 나오지 않아요. 이 집은 법적으로 존재하지 않습니다. 이 장비들을 사용하도록 당신에게 허가할 수 있는 사람은 나뿐입니다. 그것은 내가 여기에서 살인이 일어났다고 믿기 때문이에요. 그러니 하던 일을 계속하세요."

"대단한 약속은 아니죠." 리사가 생각에 잠긴 얼굴로 말했다.

"그게 당신이 얻을 수 있는 전부입니다. 자, 그 외에 알아낸 게 뭔가요?"

리사가 키보드로 몸을 돌리더니 한참을 타이핑했다. 곧 프린터가 작동하기 시작하자, 리사가 의자에 몸을 기댔다. 나는 리사의 모니터를 힐끗 쳐다봤다. 거기에는 다음과 같은 단어가 적혀 있었다. 'osculate posterior-p' 나는 osculate이라는 단어가 키스를 의미한다는 사실을 기억해냈다. 뭐, 이 해커들은 자신들만의 언어가 있다. 리사가 나를 올려다보며 씩 웃었다.

"당신을 말하는 게 아니에요." 리사가 조용히 말했다. "저 사람."

나는 리사가 무슨 말을 하는지 전혀 알 수 없었다.

오스본은 출력물을 받아 들고 떠날 채비를 했다. 그는 마지막 지시를 전달하기 위해 현관문에서 다시 돌아섰다.

"그 사람이 자살하지 않았다는 증거를 발견하면 알려주세요."

"알았어요. 그 사람은 자살하지 않았어요."

오스본은 잠시 그 말을 이해하지 못했다.

"난 증거가 필요해요."

"글쎄요, 내가 증거를 갖고 있긴 하지만, 당신은 사용할 수 없을 거예요. 클루지는 그 우스꽝스러운 유서를 쓰지 않았어요."

"그걸 어떻게 알아요?"

"여기 온 첫날 알아챘어요. 나는 컴퓨터로 프로그램을 나열하게 했어요. 그리고 클루지의 스타일과 비교했죠. 그 유서 프로그램은 그 사람이 작성했을 리가 없어요. 그 프로그램은 벌레의 똥구멍보다 더 빡빡했어요. 예비 라인이 한 줄도 없었더라고요. 클루지라는 가명은 아무 뜻 없이 그냥 지은 게 아니에요. 그게 무슨 뜻인지 아세요?"

"영리하다." 내가 말했다.

"문자 그대로는 그렇죠. 하지만 그건… '루브 골

드버그 장치'라는 뜻이에요. 지나치게 복잡한 장치죠. 작동하긴 하지만, 뭔가 뒤틀린 원인 때문에 작동하는 장치예요. 프로그램에 버그가 있을 때 '클루지를 집어넣어 우회하는' 방식은 해커에게 만병통치약 같은 거죠."

"그래서요?" 오스본 형사가 궁금한 말투로 물었다.

"클루지의 프로그램들은 정말 뒤죽박죽 엉망진창이에요. 그가 깨끗이 치우지 않고 남겨둔 부가 기능들이 잔뜩 있어요. 클루지는 천재였어요. 프로그램은 잘 작동하지만, 왜 그게 작동하는 알 수가 없어요. 루틴이 너무 못생겨서 소름이 돋을 정도예요. 정말 손대고 싶지 않은 백바이터였어요. 하지만 좋은 프로그래밍은 매우 드물어요. 클루지의 디들은 대부분의 사람들의 초슈퍼 1등급 해킹보다 나아요."

오스본 형사도 나만큼이나 리사의 말을 이해하지 못했을 것이다.

"그래서 당신 주장의 근거가 그 사람의 프로그

램 작업 스타일이라는 거죠?"

"네, 하지만 안타깝게도, 예전에 필적이나 지문이 그랬듯이, 법정에서 인정받으려면 10년은 족히 걸릴 거예요. 하지만 프로그램을 조금이라도 아는 사람이라면, 유서 프로그램을 보고 알아볼 수 있을 거예요. 다른 사람이 그 유서 프로그램을 썼어요. 어쨌거나, 아주 잘 만들긴 했어요. 그 프로그램은 하위 루틴에서 클루지의 유언장을 불러왔어요. 그 유언장 자체는 클루지가 쓴 게 틀림없어요. 그의 지문이 온 사방에 묻어 있거든요. 클루지는 지난 5년 동안 취미로 이웃을 염탐했어요. 병역 기록, 학교 기록, 녹음 기록, 세금 기록, 은행 계좌를 샅샅이 뒤졌죠. 그리고 세 블록 안에 있는 모든 전화를 도청 장치로 바꿨어요. 정말 대단한 염탐꾼이었어요."

"클루지가 왜 그런 짓을 했는지 언급해놓은 게 있던가요?" 오스본 형사가 물었다.

"내 생각에 클루지는 반쯤 미쳤던 것 같아요. 아마 자살 충동에 사로잡혀 있었을 거예요. 그 많은 약을 먹어도 도움이 되지 않았으니까요. 클루지는 죽음을 준비하고 있었는데, 그가 찾아낸 모든 것을 맡길 수 있는 사람은 빅터뿐이었어요. 난 그 유서 프로그램만 아니었다면, 클루지가 자살했다고 믿었을 거예요. 하지만 그 프로그램은 클루지가 쓴 게 아니에요. 맹세할 수 있어요."

마침내 형사를 보냈다. 그리고 나는 저녁을 준비하러 집으로 돌아갔다. 저녁이 준비되었을 때 리사가 건너왔다. 이번에도 리사는 식욕이 왕성했다.

나는 레모네이드를 준비했고, 우리는 작은 파티오에 앉아 저녁이 내려앉는 모습을 지켜봤다.

나는 한밤중 땀을 흘리며 잠에서 깨어났다. 앉아서 곰곰이 생각해보니, 내가 내린 결론이 마음에 들지 않았다. 그래서 가운을 입고 슬리퍼를 신고 클루지의 집으로 갔다.

현관문이 또 열려 있었다. 어쨌든 노크했다. 리사가 모퉁이에서 고개를 내밀었다.

"빅터? 무슨 일 있어요?"

"잘 모르겠어요. 들어가도 될까요?" 내가 물었다.

리사가 손짓으로 들어오라고 했고, 나는 리사를 따라 거실로 들어갔다. 리사의 단말기 옆에 뚜껑을 딴 펩시 캔이 있었다. 의자에 앉은 리사의 눈이 충혈되어 있었다.

"무슨 일이에요?" 리사가 하품을 하며 물었다.

"그것보다, 당신은 자야 해요." 내가 말했다.

리사가 어깨를 으쓱하고 고개를 끄덕였다.

"네, 제대로 된 밤낮 주기로 들어가지 못한 것 같아요. 지금 당장은 낮 모드예요. 하지만 빅터, 난 야근과 장시간 근무에 익숙해요. 설마, 그걸 가르쳐주려고 여기 온 건 아니죠?"

"네. 클루지가 살해당했다고 했죠?"

"클루지는 유서 프로그램을 쓰지 않았어요. 그러면 살인만 남아요."

"나는 누군가가 왜 클루지를 죽였는지 궁금해요. 그 사람은 집을 나간 적이 없으니까, 여기서 컴퓨터로 한 일 때문일 거예요. 그런데 지금 당신은… 글쎄, 당신이 무슨 일을 하는지는 솔직히 잘 모르겠지만, 클루지와 같은 곳들을 찔러보는 것 같아요. 그 사람들이 당신을 쫓을 위험이 있지 않나요?"

"사람들요?" 리사가 눈썹을 치켜올렸다.

나는 무력감을 느꼈다. 내 두려움은 논리적으로 설명할 수 있을 정도로 정연하지 않았다.

"잘 모르겠지만… 당신이 기관에 대해 말했었 잖아요…."

"오스본 형사가 그 이야기에 얼마나 깊은 인상 을 받았는지 아세요? 당신은 클루지가 어떤 음모 에 휘말렸다고 생각하나요, 아니면 뭔가에 대해 너 무 많은 걸 알아내서 CIA가 죽였다고 생각하나요, 아니면…." 리사가 말했다.

"난 잘 몰라요, 리사. 하지만 당신에게도 똑같은 일이 일어날까 봐 걱정돼요."

놀랍게도, 리사가 내게 미소를 지었다.

"정말 고마워요, 빅터. 오스본에게는 인정할 생 각이 없었지만, 나도 걱정하고 있어요."

"음, 그럼 이제 어떻게 할 건가요?"

"난 여기 남아 계속 일하고 싶어요. 그래서 나

자신을 보호하기 위해 무엇을 할 수 있을지 생각해 봤는데, 아무것도 없다는 결론을 내렸어요."

"분명히 뭔가 방법이 있을 거예요."

"글쎄요, 당신이 말하려는 게 이런 건지는 모르겠지만, 나한테 총이 있긴 해요. 하지만 생각해보세요. 클루지는 대낮에 제거됐어요. 누구든 집에 들어오고 나가는 걸 본 사람이 없었고요. 그런데 대체 누가 대낮에 집에 들어와 클루지를 쏘고, 유서 프로그램을 작성한 후 흔적도 남기지 않고 걸어 나갈 수 있을까요?"

"실력이 아주 좋은 사람이겠죠."

"더럽게 실력이 좋은 사람이에요. 실력이 너무 대단하기 때문에, 놈이 나를 제거하기로 결정하면, 이 자그만 아시아 여자가 막을 가능성은 거의 없어요."

나는 리사의 말과 자신의 운명을 전혀 걱정하지 않는 모습에 충격을 받았다. 하지만 리사는 자기도 걱정된다고 했었다.

"그러면 이 일을 그만둬야 해요. 여기서 나가요."

"난 그런 식으로 쫓겨나고 싶지 않아요." 리사가

말했다. 그 말에는 결연한 의지가 담겨 있었다. 나는 할 수 있는 말을 떠올려봤지만, 모두 적절하지 않았다.

"최소한… 현관문이라도 잠가두세요." 내가 어설프게 말했다.

리사가 웃으며 내 뺨에 뽀뽀했다.

"그럴게요, 양키. 걱정해줘서 고마워요. 정말이에요."

나는 문을 나선 후 리사가 문을 닫는 것을 지켜보고, 문을 잠그는 소리를 들은 다음, 달빛을 헤치며 우리 집을 향해 터벅터벅 걸어갔다. 반쯤 왔을 때, 걸음을 멈췄다. 우리 집에 남는 침실에서 지내라고 제안할 수도 있다. 아니면 내가 클루지의 집에서 같이 지내자고 제안해볼 수도 있었다.

아니다, 라는 결론을 내렸다. 리사는 그런 제안을 오해할 것이다.

나는 약간의 억울함과 나 자신에 대한 약간의 혐오감을 느끼며 침대로 돌아온 뒤 리사가 오해할 만한 충분한 이유가 있다는 사실을 깨달았다.

내 나이는 리사보다 정확히 두 배 많았다.

나는 아침을 채소밭에서 보내며 저녁 메뉴를 계획했다. 늘 요리를 좋아하기도 했지만, 어느새 리사와의 저녁 식사가 하루 중 가장 중요한 행사가 되었다. 그뿐 아니라, 나는 이미 그 행사를 당연한 일로 받아들이고 있다. 그래서 정오 무렵 집 앞을 내다봤다가 리사의 차가 사라진 사실을 알고는 깜짝 놀랐다.

나는 서둘러 클루지 집의 현관문으로 갔다. 문이 열려 있었다. 집을 빠르게 찾아봤다. 안방에 갈 때까지는 아무것도 발견하지 못했다. 안방 바닥에 리사의 옷이 가지런히 쌓여 있었다.

나는 덜덜 떨며 래니어 집의 현관문을 두드렸다. 래니어의 아내 베티가 대답했다. 그리고 곧 내가 불안해한다는 사실을 알아차렸다.

"클루지 집에 있는 여자요." 내가 말했다. "뭔가 잘못되었을까 봐 걱정돼요. 경찰에 신고해야 할 것 같아요."

"무슨 일이에요?" 베티가 내 어깨 너머를 내다보며 물었다. "그 여자가 당신에게 전화했나요? 아직 안 돌아온 것 같은데요."

"돌아오다뇨?"

"1시간쯤 전에 그 여자가 차를 몰고 나가는 걸 봤어요. 정말 멋진 차더라고요."

바보가 된 기분이 들어서 아무 말도 하지 않으려 했지만, 베티와 눈이 마주쳤다. 베티가 내 머리를 쓰다듬으며 달래줄 것 같다는 생각이 들었다. 화가 났다.

리사는 옷을 두고 갔으니, 분명히 돌아올 것이다.

나는 계속 그렇게 혼잣말을 했다. 그리고 욕조에 들어가 내가 참을 수 있는 한 가장 높은 온도로 물을 틀었다.

내가 문을 열었을 때, 리사가 양팔에 식료품 봉투를 들고 평소처럼 눈부신 미소를 지으며 서 있었다.

"어제 이 요리를 해보고 싶었는데, 당신이 찾아

올 때까지 잊고 있었어요. 먼저 물어봐야 했지만, 놀라게 만들고 싶어서 당신 채소밭에 없는 채소 한두 가지와 향신료 선반에 없는 것 몇 가지를 사러 나갔다 왔어요…."

우리가 부엌에 봉투들을 내려놓는 동안 리사가 계속 이야기했다. 나는 아무 말도 하지 않았다. 리사는 새 티셔츠를 입고 있었다. 커다란 V, 그 아래에 나사 사진, 그리고 사진 옆에 하이픈과 작은 소문자 p. 나는 리사가 중얼거리는 동안 'V, 나사-p'를 곰곰이 생각해봤다. 그렇지만 무슨 뜻인지는 묻지 않기로 했다.

"베트남 요리 좋아해요?"

나는 리사를 바라봤다. 그제야 리사가 매우 긴장하고 있다는 사실을 깨달았다.

"글쎄요." 내가 말했다. "한 번도 먹어본 적이 없어요. 그렇지만 중국, 일본, 인도 요리는 좋아해요. 새로운 음식을 시도하는 걸 좋아하거든요." 마지막 부분은 거짓말이었지만, 그렇게 나쁜 거짓말은 아니었다. 나는 새로운 요리법을 시도해보긴 해도,

음식 취향은 보수적이었다. 동남아시아 요리가 큰 문제가 될 거라는 생각은 안 했다.

"음, 내가 요리를 마칠 때까지 당신은 어떤 음식인지 모를 거예요." 리사가 웃었다. "우리 엄마는 절반이 중국인이었어요. 그래서 당신이 먹을 음식은 잡종이에요." 리사가 고개를 들어 내 얼굴을 보더니 웃음을 터뜨렸다.

"잊고 있었네요. 당신도 아시아에 간 적이 있죠. 아니, 양키, 개고기를 주지는 않을 거예요."

한 가지 참을 수 없는 게 있었는데, 그건 바로 젓가락이었다. 나는 최대한 오래 사용하다가, 옆으로 치우고 포크를 들었다.

"미안해요. 젓가락은 나하고 잘 안 맞아서요."

"아주 잘 쓰던데요."

"젓가락질을 배울 시간이 아주 많았거든요."

음식은 정말 맛있었다. 그래서 리사에게 그렇게 말했다. 모든 요리가 지금껏 내가 먹어왔던 음식들과는 전혀 다른 새로운 맛이었다. 마지막이 가까워질 때쯤 내가 조금 엉뚱한 소리를 했다.

"V는 승리(Victory)를 의미하는 건가요?" 내가 물었다.

"아마도요."

"베토벤? 처칠? 2차 세계대전?"

리사는 그냥 웃었다.

"도전이라고 생각해요, 양키."

"내가 무섭나요, 빅터?"

"처음엔 무서웠죠."

"내 얼굴 때문이죠?"

"동양인에 대한 일반적인 공포증이에요. 난 인종차별주의자인가 봐요. 내가 원해서 그런 건 아니에요."

리사가 어둠 속에서 천천히 고개를 끄덕였다. 우리는 다시 파티오로 왔지만, 태양은 이미 오래전에 저문 후였다. 그때 우리가 무엇에 대해 이야기를 나눴었는지 기억나지 않는다. 아무튼 바쁘게 많은 이야기를 주고받았다.

"나도 같은 문제가 있어요." 리사가 말했다.

"동양인에 대한 두려움이요?" 나는 농담으로 한 말이었다.

"캄보디아인에 대한 두려움요." 리사는 내가 그 말을 이해할 때까지 잠시 기다렸다가 계속 말했다. "사이공이 함락되었을 때, 캄보디아로 도망쳤어요. 크메르루주가 나를 노동수용소에 가두는 바람에, 2년 동안 잡혀 있었어. 정말로 운이 좋아서 살아남았어요."

"이젠 캄푸치아라고 하는 거 같던데."*

리사가 침을 뱉었다. 자기도 모르게 침을 뱉은 것 같았다.

"거긴 '매독 걸린 개새끼들의 인민 공화국'이에요. 그건 그렇고 북한 사람들이 당신을 아주 심하게 대했죠, 빅터?"

"그랬죠."

"북한 놈들은 고름이나 빨아먹을 것들이에요."

---

* 캄보디아는 1976년에 캄푸치아(Kampuchea)라는 이름으로 바꼈으나, 1989년 다시 캄보디아로 바뀌었다.

리사가 웃는 걸 보니, 내가 그 말을 듣고 놀란 표정을 지은 모양이었다.

"당신네 미국인들은 인종차별에 대해 죄책감을 느끼는 것 같아요. 마치 인종차별을 당신들이 만들어낸 것처럼 말이에요. 남아프리카 공화국과 나치 외에는 그 누구도 당신들만큼 악질적으로 인종차별을 행한 적이 없다고 생각하죠. 그리고 당신들은 노란 얼굴을 서로 구별하지 못해서, 황인종을 하나의 동질적인 집단으로 생각해요. 사실, 동양인은 지구에서 가장 인종차별이 심한 사람들이에요. 베트남인은 캄보디아인을 천 년 동안 증오해 왔어요. 중국인은 일본인을 싫어하죠. 한국인들은 모든 사람을 미워해요. 그리고 모든 사람이 중국인을 싫어하죠. 중국인은 동양의 유대인이에요."

"그런 이야길 들은 적이 있어요."

리사가 고개를 끄덕이더니 혼자 생각에 잠겼다.

"그리고 난 모든 캄보디아인을 증오해요." 마침내 리사가 다시 입을 열었다. "당신처럼, 나도 그러고 싶지는 않아요. 수용소에서 고통받은 사람들은 대부분 캄보디아인이었어요. 내가 미워해야 할 사람은 학살 지도자, 폴 포트 쓰레기 자식이에요." 리사가 나를 바라봤다. "하지만 때때로 우리는 그런 일에서 선택의 여지가 많지 않아요. 그렇죠, 양키?"

다음 날 정오에 리사를 방문했다. 날씨는 선선해졌지만, 리사의 어두운 동굴은 여전히 더웠다. 리사는 셔츠를 갈아입지 않았다.

리사가 내게 컴퓨터에 대해 몇 가지 이야기해줬다. 키보드로 뭔가를 입력해보라고 했을 때, 나는 금세 못 따라가고 놓쳐버렸다. 우리는 내가 굳이 컴퓨터 프로그래머로서 경력을 쌓을 필요는 없다고 결론지었다.

리사가 내게 보여준 것 중 하나는 전화 모뎀이었는데, 전 세계의 다른 컴퓨터와 연결할 수 있었다. 리사는 한 번도 만난 적이 없고 '버블 소터'라고만 알고 있는 스탠퍼드 대학에 있는 누군가와 '인터페이스'를 했다. 그들은 서로 타이핑을 주고받았다.

마지막에 버블 소터가 "bye-p"라고 쓰자, 리사

가 T라고 쳤다.

"T가 뭐예요." 내가 물었다.

"True예요. '예스'라는 뜻이지만, 해커에게 예스는 너무 직설적인 표현 같아서요."

"예전에 당신이 바이트(byte)가 뭔지는 말해줬지만, bye-p는 뭐에요?

리사가 진지한 눈으로 나를 바라봤다.

"그건 질문이에요. 단어에 p를 붙이면 질문이 돼요. 따라서 bye-p는 버블 소터가 내게 로그아웃할 것인지 묻는 거예요."

나는 그 말을 곰곰이 되새겼다.

"그럼 'osculate posterior-p'는 어떻게 해석해야 하나요?"

"'내 똥꼬에 뽀뽀할래?'라는 뜻이에요. 하지만 그건 오스본에게 한 말이었어요."

나는 리사의 티셔츠를 다시 본 다음, 리사의 눈을 바라봤다. 몹시 진지하고 평온했다. 리사는 무릎 위에 맞잡은 손을 올려놓고 기다렸다.

성교-p(Intercourse-p).

"네." 내가 말했다. "그럴게요."

리사가 안경을 탁자 위에 놓고, 셔츠를 머리 위로 벗었다.

우리는 클루지의 커다란 물침대에서 사랑을 나눴다.

나는 정말로 오랜만의 관계였기 때문에, 실행 능력에 어느 정도 불안감이 있었다. 그 후 나는 리사의 감촉과 향기, 맛에 사로잡혀 약간 미쳐버렸다. 리사는 신경 쓰지 않는 것 같았다.

마침내 그 시간이 지나고, 우리는 땀에 흠뻑 젖었다. 리사가 몸을 굴려 일어나더니 창문으로 갔다. 리사가 창문을 열자 바람이 내 몸 위로 불어왔다. 리사는 침대에 한쪽 무릎을 짚고, 내게 기대며 침대 옆 탁자에서 담배 한 갑을 꺼냈다. 그러고 담배에 불을 붙였다.

"담배 알레르기가 없기를 바랄게요." 리사가 말했다.

"없어요. 아버지가 담배를 피우셨거든요. 그런

데 당신도 피우는 줄을 몰랐네요."

"사랑을 나눈 뒤에만 피워요." 리사가 살짝 웃으며 말했다. 그리고 담배를 깊게 빨아들였다. "사이공에선 모든 사람이 담배를 피웠던 것 같아요." 리사가 내 옆에 등을 대고 누웠다. 우리는 땀에 푹 젖은 채 손을 잡고 그렇게 누워 있었다. 리사가 다리를 벌리며 맨발을 내 다리에 가져다 댔다. 그것으로 접촉은 충분한 것 같았다. 나는 리사의 오른손에서 연기가 피어오르는 모습을 지켜봤다.

"지난 30년 동안 따뜻하다는 느낌을 받아본 적이 없었어요. 더운 적은 있었지만, 따뜻하다고 느낀 적은 없었죠. 지금은 따뜻하네요."

"그 이야기를 해줘요." 리사가 말했다.

그래서 이야기했다. 이번에는 잘 할 수 있을까 걱정하며 최대한 많이 이야기했다. 30년이 지난 지금은 내 이야기가 그렇게 끔찍하게 들리지 않았다. 우리는 너무 많은 것들을 보아왔다. 바로 이 순간에도 감옥에 갇혀 내가 겪었던 고통만큼이나 끔찍한 상황을 견디고 있는 사람들이 있다. 억압의 도구는 여전히 거의 그대로였다. 30년간의 은둔 생활을 설명할 만한 육체적인 문제는 나에게 일어나지 않았었다.

"당시 심하게 부상을 입었어요." 내가 리사에게 말했다. "두개골이 골절됐죠. 아직도… 후유증이 남아 있어요. 한국은 정말 추운데, 충분히 방한을 할 수 없었어요. 하지만 다른 문제도 있었는데, 지금은 그걸 '세뇌'라고 하더군요.

당시 우리는 그게 뭔지 몰랐어요. 알고 있는 모든 내용을 다 말해줬는데도 계속 괴롭히는 이유를 이해할 수가 없었죠. 놈들은 우리를 잠들지 못하게 하고, 방향 감각을 잃게 했어요. 어떤 사람은 자백서에 서명하고 온갖 거짓말을 지어내기도 했지만, 그것만으로는 충분하지 않았죠. 놈들은 그냥 끊임없이 우리를 괴롭혔어요.

난 이해가 안 되더라고요. 너무도 거대한 악이라 이해할 수 없었던 것 같아요. 하지만 그들이 우리를 본국으로 송환한다고 했을 때, 일부 포로들은 돌아오지 않겠다고…, 그들은 정말로 돌아오는 걸

원하지 않았어요. 그들은 정말로 그렇게 믿었….”

나는 더 이상 말이 나오지 않았다. 리사가 자리에서 일어나 조용히 침대 끝으로 가더니 내 발을 마사지하기 시작했다.

“나중에 베트남 포로들이 그런 맛을 봤죠. 다만 우리와는 정반대였어요. 미군들은 영웅이었고, 포로들은….”

“당신은 무너지지 않았죠.” 리사가 말했다. 그건 질문이 아니었다.

“네, 안 무너졌어요.”

“그래서 더 안 좋았을 거예요.”

나는 리사를 바라봤다. 리사는 내 발을 자신의 납작한 배에 댄 채 발뒤꿈치를 잡고 다른 손으로 발가락 마사지를 했다.

“온 나라가 충격에 빠졌었죠.” 내가 말했다. “사람들은 세뇌가 뭔지 이해하지 못했어요. 나는 사람들에게 그게 어떤 건지 설명하려 애썼지만, 오히려 나를 괴상하게 보는 것 같았어요. 그래서 얼마 후부터 그 이야기를 그만뒀어요. 그러고는 더 이상

할 말이 없어져버렸죠.

몇 년 전에 미 육군이 정책을 바꿨어요. 이제 육군은 군인들이 심리 조작을 견딜 거라고 기대하지 않아요. 무엇이든 말하거나 서명할 수 있을 거라고 이해하죠."

리사는 그냥 말없이 나를 바라보며 발을 마사지하고, 천천히 고개를 끄덕였다. 그리고 리사가 이야기를 시작했다.

"캄보디아는 더웠어요. 미국에 도착하면 눈이 내리는 메인주 같은 곳에서 살겠다고 계속 다짐했었죠. 그런데 영국 케임브리지에 갔을 때 깨달았어요. 내가 눈을 좋아하지 않더라고요."

리사가 자기 이야기를 해주었다. 내가 마지막으로 들었을 때는 캄보디아에서 백만 명이 죽었다고 했다. 온 나라가 입에 거품을 물고, 움직이는 모든 것을 물어뜯었다. 예전 어딘가에서 읽었던 것처럼, 살이 찢어져 내장이 삐져나오면 원을 돌며 게걸스럽게 자기 내장을 먹기 시작하는 상어 같았다.

리사는 잘린 머리들을 피라미드처럼 쌓아 올려

야 했던 일에 대해 말했다. 스무 명이 땡볕에서 온종일 일한 끝에 겨우 3미터 높이의 피라미드를 쌓았을 때 무너져 내렸다. 그들 중 누구라도 하던 일을 멈추면, 그 사람의 머리가 더미에 추가되었다.

"나한테는 아무 의미도 없었어요. 그냥 또 다른 일일 뿐이었어요. 그 당시 난 상당히 미친 상태였거든요. 태국 국경을 넘을 때까지는 제정신을 찾을 수가 없었어요."

리사가 살아남았다는 자체가 기적 같았다. 리사는 내가 상상할 수 있는 수준보다 훨씬 지독한 공포를 겪었다. 그리고 나보다 훨씬 나은 모습으로 그 공포를 극복해냈다. 나는 작아진 느낌이 들었다. 리사의 나이였을 때, 나는 이 감옥을 짓고 그 안에서 지금까지 지내고 있었다. 내가 리사에게 그렇게 말했다.

"마음의 준비가 한몫했죠." 리사가 얼굴을 찡그리며 말했다. "당신이 인생에서 무엇을 기대하는지, 그리고 지금까지 인생이 어땠는지 말해줬잖아요. 당신에게 한국은 낯선 곳이었어요. 내가 캄보디아에 갈 마음의 준비가 되어 있었다고 말하려는 건 아니에요. 하지만 당시까지 난 보호받으며 살아가지 못했어요. 내가 거리에서 사과를 팔아 생계를 유지했을 거라고 생각하지 마세요."

리사는 내 발을 계속 주무르면서, 내가 볼 수 없는 먼 곳을 응시했다.

"몇 살 때 어머니가 돌아가셨어요?" 내가 물었다.

"1968년 구정 때 돌아가셨는데, 난 그때 열 살이었어요."

"베트콩에게 죽임을 당했나요?"

"누가 알겠어요? 총알도 많이 날아다니고, 수류탄도 많이 던졌으니까요."

리사가 한숨을 내쉬며 내 발을 놓았다. 그리고 결박에서 벗어난 깡마른 부처처럼 앉아 있었다.

"다시 할 준비됐어요, 양키?"

"못 할 것 같아요, 리사. 난 늙은이예요."

리사가 내 위로 올라와 흥골 바로 아래에 턱을 대더니, 몸을 낮춰 가장 재미있는 장소에 가슴을 내려놓았다.

"두고 보자고요." 리사가 킥킥대며 말했다. "내가 꽤 잘하는 애무가 있는데, 당신을 다시 젊은이로 만들어줄 거예요. 하지만 이것 때문에 1년 정도 못했었어요." 리사가 교정기를 손가락으로 툭툭 쳤다. "교정기를 낀 채로 그걸 하면 거시기를 전기톱에 집어넣는 거나 마찬가지잖아요. 그래서 이번에는 이걸 해볼게요. 난 이걸 '실리콘 밸리 관광'이라고 불러요." 리사가 한 번에 몇 센티미터씩 위아래로 움직이기 시작했다. 그리고 짐짓 모르는 척 눈을 두어 번 깜빡이더니 웃음을 터뜨렸다.

"마침내 당신을 볼 수 있게 됐네요. 난 근시가 심하거든요."

나는 한동안 리사가 하는 대로 내버려두었다가 고개를 들었다.

"실리콘이라고 했어요?"

"그래요, 내 가슴이 진짜라고 생각했던 아니죠?"

난 진짜인 줄 알았다고 고백했다.

"지금까지 샀던 물건 중에 이것처럼 만족스러운 건 없었던 것 같아요. 심지어 내 차 페라리보다도 이게 만족스러웠어요."

"왜 했어요?"

"이게 신경 쓰이나요?"

신경이 쓰이지는 않았다. 그래서 그렇게 대답했다. 하지만 호기심을 감출 수 없었다.

"가슴이 커도 안전하기 때문이에요. 사이공에서는 항상 가슴이 자라지 않아서 화가 났었어요. 매춘부로 잘 살 수도 있었을 텐데, 나는 항상 너무 작고 마르고 못생긴 아이였거든요. 그런데 캄보디아에서는 덕분에 운이 좋았어요. 가끔 남자아이로 위장할 수 있었거든요. 그렇게 생기지 않았다면, 강간을 훨씬 더 많이 당했을 거예요. 태국에서는 어떤 식으로든 서양으로 갈 수 있을 거라는 생각이 들었어요. 그리고 서양에 가면 최고의 차를 타고, 먹고 싶은 건 언제든 먹고, 돈으로 살 수 있는 최고의 가슴을 사고 싶었어요. 수용소에서 서양의 모습이 어떻게 보였는지 당신은 상상하기도 힘들 거예요. 가슴을 살 수 있는 곳!"

리사가 가슴 사이를 내려다보더니 다시 내 얼굴

을 봤다.

"좋은 투자였던 것 같아요." 리사가 말했다.

"효과가 좋긴 하네요." 나도 인정할 수밖에 없었다.

리사가 밤에는 우리 집에서 지내기로 했다. 물리적으로 장착된 장비 등을 포함해서, 리사가 클루지의 집에서 처리해야만 하는 일들도 있었지만, 원격 터미널과 다양한 소프트웨어를 이용해 할 수 있는 일도 많았다. 그래서 우리는 클루지의 최고급 컴퓨터 한 대와 주변기기 10여 개를 골라서 내 침실에 있는 탁자 위에 설치했다.

클루지를 죽인 사람들이 리사도 제거하기로 결정하면, 이게 그다지 보호가 되지 않으리라는 것은 우리 둘 다 알고 있었다. 하지만 나는 기분이 나아졌고, 리사도 그런 것 같았다.

리사가 이사하고 이틀 후 배달 차량이 바깥에 섰다. 그리고 두 남자가 킹사이즈 물침대를 내리기 시작했다. 리사가 내 얼굴을 보더니 웃고 또 웃었다.

"이것 봐요, 설마 클루지의 컴퓨터를 이용해서…."

"안심해요, 양키. 내가 어떻게 페라리를 살 수 있었을 것 같아요?"

"그냥 궁금해서요."

"소프트웨어 제작을 잘하면 돈을 많이 벌 수 있어요. 나도 내 회사를 운영하고 있다고요. 하지만 해커는 여기저기에서 요령을 터득하죠. 나도 클루지의 사기 수법을 몇 번 해본 적이 있긴 해요."

"하지만 이제는 안 하죠?"

리사가 어깨를 으쓱했다. "한 번 도둑은 영원한 도둑이에요, 빅터. 내 몸을 팔아서는 먹고 살 수 없다고 했잖아요."

리사는 잠이 많지 않았다.

우리는 7시에 일어났고, 내가 매일 아침 식사를 차렸다. 그런 다음 우리는 채소밭에서 한두 시간 일했다. 리사가 클루지의 집으로 가면, 내가 정오에 샌드위치를 가져다주었고, 낮에 몇 차례 들르곤 했다. 그 방문은 순전히 내 마음의 평화를 위한 것이었기 때문에, 1분 이상 머무르지 않았다. 오후에 나는 종종 쇼핑하거나 집안일을 했다. 그리고 7시가 되면 둘 중 한 명이 저녁 식사를 요리했는데, 번갈아 했다. 나는 리사에게 '미국식' 요리를 가르쳤고, 리사는 내게 모든 요리를 조금씩 가르쳐줬다. 리사는 필수적인 재료가 미국 시장에 없다고 불평했다. 물론 개는 없었다. 하지만 리사는 원숭이와 뱀, 쥐를 요리하는 훌륭한 방법을 알고 있다고 주장했다. 나는 리사의 말이 어디까지 농담인지 구별이 안 됐고, 묻지도 않았다.

저녁 식사 후, 리사는 우리 집에 머물렀다. 우리는 이야기하고, 사랑을 나누고, 목욕을 했다.

리사가 내 욕조를 좋아했다. 그 욕조는 내가 이 집에서 유일하게 바꾼 부분이었는데, 내겐 하나뿐인 사치품이었다. 1975년 욕실을 확장하면서 저 욕조를 설치했는데, 한 번도 후회한 적이 없었다. 우리는 20분에서 1시간가량 몸을 담그고, 제트와 거품기를 켜고 끄면서, 서로 씻겨주고, 어린아이처럼 낄낄거렸다. 한번은 거품 목욕을 하다가 1미터 높이로 거품을 쌓아 올린 다음 온 사방에 물을 뿌려 무너트린 적도 있었다. 대부분의 밤에 내가 리사의 길고 검은 머릿결을 감겨주었다.

리사는 나쁜 버릇이 없었다. 적어도 나와 안 맞는 버릇은 없었다. 리사는 단정하고, 깨끗했다. 하루에 두 번씩 옷을 갈아입고, 싱크대 위에 더러운 유리잔을 놓아두는 일도 없었다. 화장실을 지저분하게 만든 적도 없었다. 리사의 주량은 포도주 두 잔이었다.

나는 나사로가 된 것 같았다.[*]

오스본 형사는 그 후 2주 동안 세 번 방문했다. 리사는 클루지의 집에서 형사와 만나 자신이 알아낸 사실을 알려주었다. 그 정보의 양이 상당히 많아지고 있었다.

"클루지는 한때 뉴욕 은행에 9조 달러가 들어 있는 계좌를 갖고 있었어요." 오스본이 들렀다 간 후, 리사가 내게 말했다. "자신이 할 수 있는지 시험

---

[*] 나사로가 사망한 나흘 후 예수가 부활시켰다.

삼아 그냥 만들어본 것 같아요. 클루지는 하루 동안 놔뒀다가, 이자를 받고, 바하마에 있는 은행에 송금한 후 원금을 없애버렸어요. 어차피 존재한 적이 없는 돈이니까요."

그런 정보의 대가로, 오스본 형사는 살인 사건 수사에 대한 새로운 소식(진행된 게 전혀 없었다)과 클루지의 재산 상태를 알려줬는데, 엉망진창이었다. 다양한 기관에서 사람들을 보내 클루지의 집을 조사했다. FBI 요원들도 찾아와서 수사를 넘겨받으려 했다. 리사는 컴퓨터에 관해 이야기할 때 사람들의 정신을 흐리멍덩하게 만드는 힘이 있었다. 리사는 먼저 자신이 하고 있는 일을 아무도 이해할 수 없는 난해한 용어로 정확히 설명했다. 때로는 그것으로 충분했다. 그렇지 않은 경우, 사람들이 딱딱거리기 시작하면, 리사는 하던 일을 중단하고 물러나, 그 사람들에게 클루지의 기괴한 장비들을 다루도록 했다. 어딘가에서 갑자기 튀어나온 용들이 디스크의 모든 데이터를 먹어 치우고, 모니터에 '이 멍청한 자식아!'가 뜨는 상황을 그들이 공포에 질려 바라볼 때까지 내버려두었다.

"내가 그 사람들을 속이고 있어요." 리사가 내게 고백했다. "난 이미 발을 들여놓았기 때문에, 그들이 나중에 들여다볼 것으로 짐작되는 정보만 그들에게 주고 있어요. 난 클루지가 저장해둔 데이터의 40퍼센트 정도를 잃어버렸어요. 하지만 다른 사람들은 100퍼센트 잃어버릴 거예요. 클루지가 논리폭탄을 던졌을 때 그들의 표정을 당신이 봤어야 해요. 두 번째 남자는 3,000달러짜리 프린터를 방 건너편으로 던져버렸어요. 그러더니 내게 비밀을 지켜달라며 뇌물을 주려고 하더라고요."

어떤 연방 기관에서 스탠퍼드 출신의 전문가를 파견했는데, 그는 자신이 조만간 전부 해결할 수 있을 거라는 확고한 믿음으로 눈에 보이는 모든 것들을 파괴하면서도 완벽하게 만족하는 것 같았다. 리사는 그 전문가에게 클루지가 어떻게 워싱턴의 국세청 메인프레임 컴퓨터에 침입했는지 보여주고, 클루지가 어떻게 빠져나왔는지는 말해주지 않았다. 전문가는 어떤 감시 프로그램에 얽혀들었다.

그가 고군분투하는 동안, S열부터 W열까지 모든 세금 기록을 지워버린 것 같았다. 리사는 30분 동안 전문가가 그렇게 생각하도록 놔뒀다.

"그 사람이 심장마비 걸린 줄 알았다니까요." 리사가 내게 말했다. "얼굴이 하얗게 질리고, 말을 못 하더라고요. 그래서 내가 평소 위험한 상황에 대비해 기록용으로 준비해둔 것을 보여주고, 제자리로 되돌려놓는 방법과 감시 프로그램을 진정시키는 방법을 알려줬죠. 전문가는 한참 후에야 그 집에서 빠져나갔어요. 그 사람은 컴퓨터가 한 번에 실행할 수 있는 용량의 한계와 백업 때문에, 다이너마이트 같은 게 아니라면 그렇게 많은 정보를 한꺼번에 파괴할 수 없다는 사실을 곧 깨닫게 될 거예요. 그래도 다시 돌아오지는 않을걸요."

"아주 재미있는 게임 이야기처럼 들리네요." 내가 말했다.

"어떤 면에서는 그렇죠. 하지만 던전 앤 드래곤 보드게임에 더 가까워요. 끝없이 이어지는 닫힌 방들이 있고, 그 반대편에는 위험이 도사리고 있죠.

감히 한 번에 한 걸음씩 나아갈 수 없어요. 한 번에 100분의 1걸음씩 나아가야죠. 당신에게 주어질 문제는 이래요. '어떻게 이것이 질문이 아니었을까요, 하지만 만약 제가 이 문을 본다면 무슨 일이 일어날지에 대해 이 질문을 할 마음이 생겼다면, 그리고 내가 그것을 만지지도 않고, 심지어 옆방에 있지도 않습니다. 당신이 어떻게 할 거라고 생각하십니까?' 그러면 프로그램이 그 질문을 고속으로 처리해서, 당신이 얼굴에 커다란 파이를 맞을 조건을 충족했는지 판단한 다음, 크림 파이를 던지거나 A단계에서 A프라임으로 넘어갈 수 있도록 허용해요. 그러면 당신은 '뭐. 내가 저 문을 보고 있나 보다'라고 하죠. 그러면 프로그램이 종종 이렇게 말해요. '너는 봤다, 너는 봤다, 더러운 사기꾼!' 그리고 불꽃놀이가 시작되죠."

완전히 바보 같은 소리로 들리지만, 이것은 리사가 최선을 다해 자신이 하는 일을 설명한 것에 아주 가까웠다.

"리사, 전부 말한 거예요?" 내가 물었다.

"글쎄요, 전부는 아니에요. 4센트는 말하지 않았잖아요."

4센트라니? 맙소사!

"리사, 난 그 돈을 원하지 않았고, 요구하지도 않았어요. 클루지가 안 그랬으면 좋았…."

"진정해요, 양키. 괜찮을 거예요."

"클루지는 전부 다 기록했죠, 그러지 않았나요?"

"내가 대부분의 시간을 그 작업에 쓰고 있어요. 그 사람의 기록을 해독하는 거요."

"언제부터 그 돈에 대해 알고 있었어요?"

"70만 달러요? 내가 처음 해독한 디스크에 들어 있었어요."

"난 그 돈을 그냥 돌려주고 싶어요."

리사가 골똘히 생각한 후 고개를 저었다.

"빅터, 지금은 그 돈을 갖고 있는 것보다 없애는 게 더 위험할 거예요. 처음에는 상상으로 만들어낸 돈이었지만, 지금은 그 돈에 대한 이력이 생겼잖아요. 국세청은 그 돈이 어디에서 왔는지 알고 있다고 착각하고 있어요. 세금을 납부했거든요. 델라웨어

주에서는 합법적으로 인가된 법인이 이 돈을 지급했다고 확신하고 있어요. 일리노이주 로펌이 이 문제를 처리한 대가로 돈을 받았죠. 은행은 그 돈에 대한 이자를 당신에게 지급하고 있어요. 돌아가서 모든 것을 지우는 것이 불가능한 것은 아니지만, 시도하고 싶지는 않아요. 내 실력이 좋긴 하지만, 클루지 같은 솜씨는 없어요."

"클루지는 어떻게 그런 걸 할 수 있었죠? 그게 상상으로 만들어낸 돈이라고 했잖아요. 나는 돈이 그런 식으로 작동할 거라고는 생각해본 적이 없어요. 클루지는 그냥 허공에서 돈을 뽑아낼 수 있었던 건가요?"

리사가 컴퓨터 단말기의 윗부분을 두드리며 나를 향해 미소를 지었다.

"이게 돈이에요, 양키." 리사가 말하며 눈을 반짝였다.

리사는 밤에 내 잠을 방해하지 않기 위해 촛불을 켜고 일했다. 그게 나를 몰락으로 이끌었다. 리사는 손의 감각으로 타자를 쳤고, 소프트웨어를 찾을 때만 촛불을 비췄다.

그래서 나는 매일 밤 촛불의 불빛에 잠긴 리사의 가냘픈 몸을 바라보며 잠이 들곤 했다. 나는 항상 구운 옥수수에 녹은 버터가 흘러내리는 모습을 떠올렸다. 황금색 피부에 흘러내리는 황금 불빛.

못생겼다. 리사는 자신을 그렇게 말했었다. 빼빼 말랐다. 리사가 마른 것은 사실이었다. 리사가 놀랍도록 허리를 곧게 펴고, 배를 집어넣고, 턱을 들고 앉아 있을 때는 갈비뼈가 보였다. 리사는 요즘 옷을 벗은 채 책상다리로 앉아 일했다. 리사는 한참 동안 움직이지 않고 허벅지에 손을 올린 자세로 있다가, 키보드를 두드리는 자세를 취했다. 그러나 리사의 손길은 가볍고 아주 조용했다. 프로그램 작업이 아니라 마치 요가 같았다. 리사는 최고의 작업을 위해 명상 상태로 들어간다고 했다.

나는 리사의 뼈가 앙상하고 팔꿈치와 무릎이 날카로울 거라 짐작했었다. 그렇지 않았다. 나는 리사의 몸무게를 5킬로그램 정도 낮게 짐작했었는데, 여전히 그 몸무게가 어디에 있는 건지 알 수 없었다. 하지만 리사는 부드럽고 둥글둥글했으며, 속살이 탄탄했다.

누구도 리사의 얼굴이 매력적이라고 말하지는 않을 것이다. 리사를 예쁘다고 말하는 사람도 거의 없을 것이다. 내 생각엔 교정기 때문인 것 같았다. 보기 흉하게 뒤엉킨 교정기가 눈길을 사로잡고, 시선을 끌었다.

하지만 리사의 피부는 환상적이었다. 리사에겐 흉터가 있었다. 내가 예상했던 것만큼 많지는 않았다. 리사는 빨리 그리고 잘 치유되는 것 같았다.

나는 리사가 아름답다고 생각했다.

내가 리사에 대한 야간 관찰을 막 마쳤을 때, 촛불이 눈길을 사로잡았다. 나는 촛불을 바라보다가, 곧 시선을 돌리려 했다.

촛불이 가끔 그랬다. 왜 그런 건지는 모르겠다. 완벽하게 수직인 불꽃이 고요한 공기 속에서 깜빡이기 시작했다. 불꽃이 위로 솟구쳤다가 아래로 쪼그려 앉고, 위로 아래로, 위로 아래로, 밝아졌다, 밝아졌다가, 2박자 또는 3박자로 리듬에 맞춰….

촛불이 규칙적으로 깜빡이는 게 멈추기를 바라며 리사를 부르려 했지만, 이미 나는 말을 할 수 없었다….

나는 숨을 헐떡일 수밖에 없었다. 그리고 나는 최대한 소리를 지르려, 비명을 지르려, 리사에게 걱정하지 말라고 말하려 다시 시도했지만, 구역질이 쌓이는 게 느껴졌다….

피 맛이 났다. 시험 삼아 숨을 들이쉬었는데, 구토나 소변, 대변의 냄새는 나지 않았다. 머리맡의 조명이 켜져 있었다.

리사가 무릎을 꿇고 손을 잡은 상태로 내 위로 몸을 숙이고 있었다. 리사의 얼굴이 매우 가까웠다. 눈물 한 방울이 내 이마에 떨어졌다. 나는 카펫에 등을 대고 누워 있었다.

"빅터, 내 말 들려요?"

내가 고개를 끄덕였다. 내 입에 숟가락이 있었다. 숟가락을 뱉었다.

"그대로 누워 있어요. 구급차가 오고 있어요."

"아뇨, 필요 없어요."

"이미 오는 길이에요. 당신은 그냥 진정하고…."

"몸을 일으켜줘요."

"아직은 안 돼요. 당신은 일어날 상태가 아니에요."

리사가 옳았다. 나는 일어나려다 조용히 뒤로 누웠다. 한동안 심호흡을 했다. 그때 초인종이 울렸다.

리사가 일어나 문으로 향했다. 나는 겨우 손을 뻗어 리사의 발목을 잡았다. 그러자 리사가 다시 내 쪽으로 몸을 기울였다. 리사의 눈이 커졌다.

"왜 그래요? 무슨 일이에요?"

"옷을 좀 입어요." 내가 리사에게 말했다. 리사가 자기 몸을 내려다보고 깜짝 놀랐다.

"아, 그러네요."

리사가 구급 대원들을 돌려보냈다. 리사는 커피를 내린 후 훨씬 차분해졌다. 우리는 식탁에 앉았다. 새벽 1시였는데, 나는 여전히 몹시 어지러웠다. 그래도 나쁜 날은 아니었다.

나는 화장실에 가서, 리사가 우리 집으로 이사할

때 내가 숨겨두었던 뇌전증약 다일랜틴 병을 가져왔다. 그리고 약을 먹는 모습을 리사에게 보여줬다.

"오늘 이 약을 깜박했어요." 내가 리사에게 말했다.

"당신이 숨겨서 그런 거잖아요. 바보 같은 짓이었어요."

"알아요." 내가 해줄 수 있는 다른 말이 있었을 것이다. 리사가 마음 아파하는 모습을 보고 싶지 않았다. 하지만 나는 리사의 공격으로부터 나 자신을 제대로 방어하지 않았기 때문에, 리사에게 상처를 입혔다. 뇌전증 발작 직후에 논리적으로 생각하는 일은 너무 힘겨웠다.

"원하면 이사 가도 돼요." 내가 말했다. 나는 상태가 아주 좋았다.

리사도 그랬다. 리사가 탁자 너머로 손을 뻗어 내 어깨를 잡고 흔들었다. 그리고 나를 노려봤다.

"그런 짓을 또 하면 더 이상 참지 않을 거예요." 리사가 말했다. 내가 고개를 끄덕이다 울기 시작했다.

리사는 내가 울도록 내버려두었다. 아마 그게 최선이었을 것이다. 리사가 달래줄 수도 있었겠지만,

난 혼자서 꽤 잘했다.

"언제부터 이런 거예요?" 이윽고 리사가 물었다. "그래서 30년 동안 집에서만 지냈던 거예요?"

내가 어깨를 으쓱했다. "이렇게 지내게 된 원인 중 일부인 것 같아요. 한국전에서 귀국한 후 수술을 받았지만, 더 나빠졌어요."

"알았어요. 당신이 그 문제를 이야기해주지 않아서 화났어요. 그래서 뭘 어떻게 해야 할지 몰랐잖아요. 여기서 지내고 싶지만, 당신이 내게 방법을 말해줘야 해요. 그러면 더 이상 화내지 않을게요."

내가 거기서 다 날려버릴 수도 있었다. 그러지 않았다는 사실이 놀랍다. 나는 몇 년에 걸쳐 그런 일을 처리하는 아주 좋은 방법을 개발했다. 하지만 리사의 얼굴을 보며 견뎌냈다. 리사는 정말로 머물고 싶어 했다. 나로서는 이유를 알 수 없었지만, 그것으로 충분했다.

"숟가락은 실수였어요." 내가 말했다. "시간이 있고, 당신의 손가락을 다치지 않으면서 할 수 있다면, 입에 천 조각을 욱여넣는 게 나아요. 시트 조각

같은 거요. 하지만 단단하지 않아야 해요." 손가락
으로 입안을 만져봤다. "이빨 하나가 부러진 것 같
아요."

"벌 받은 거예요." 리사가 말했다. 내가 리사를
바라보며 웃었다. 곧 우리 둘 다 웃음을 터뜨렸다.
리사는 탁자를 돌아와 내게 입을 맞추고 무릎에 앉
았다.

"가장 큰 위험은 익사하는 거예요. 발작이 시작
되면 가장 먼저 모든 근육이 경직되거든요. 그 과
정은 오래 가지 않아요. 그 후 모든 근육이 무작위
로 수축했다가 이완되기 시작해요. 아주 강력하죠."

"알아요. 지켜보면서 당신을 붙잡으려고 했거
든요."

"그러지 말아요. 나를 옆으로 눕혀줘요. 내 뒤에
있으면서, 마구 도리깨질하는 팔을 조심해요. 혹시
가능하다면 머리 아래에 베개를 놓아주세요. 내가
다칠 수 있는 물건에서 멀리 떨어트려 주세요." 나
는 그녀의 눈을 똑바로 바라보며 말했다. "이걸 강
조하고 싶어요. 그 모든 걸 시도해보세요. 하지만

내가 너무 격렬하게 발작하면, 그냥 옆으로 물러나는 게 좋아요. 우리 모두에게 그게 나아요. 당신이 나에게 맞아 기절해버리면, 내 토사물이 기도를 막기 시작해도 당신이 도와줄 수 없을 테니까요."

나는 리사의 눈을 계속 쳐다봤다. 리사가 내 마음을 읽었는지 살짝 미소를 지었다.

"미안해요, 양키. 난 겁나지 않아요. 무슨 말이냐면, 그러니까, 정말로 역겹고, 알잖아요, 토하기 직전이었지만, 당신은 금방이라도…."

"그래서 숟가락을 물렸겠죠. 알아요. 그래요, 맞아요. 내가 멍청했어요. 대충 그래요. 내가 어쩌면 혀나 뺨의 안쪽을 깨물 수도 있었어요. 그건 걱정하지 말아요. 한 가지 더 있어요."

리사가 기다렸다. 나는 어디까지 말을 해야 할지 고민했다. 리사가 할 수 있는 일은 많지 않았다. 하지만 내가 죽더라도, 그게 자기 잘못이라고 느끼게 하고 싶지 않았다.

"내가 병원에 가야 할 때도 있어요. 가끔 한 번의 발작이 다음 발작으로 계속 이어지는 때가 있거든요. 그런 상태가 너무 오래 지속되면, 숨을 쉬지 못해서 뇌가 산소 결핍으로 죽게 되죠."

"산소 결핍까지는 5분 정도밖에 걸리지 않잖아요." 리사가 놀란 표정으로 말했다.

"알아요. 내가 자주 발작을 시작하더라도 문제는 그것뿐이니까, 그럴 때를 대비해서 계획을 세워 놓으면 돼요. 그렇지만 발작이 한 번에 끝나지 않고 바로 다음 발작이 시작되거나, 삼사 분 동안 호흡이 감지되지 않으면, 구급차를 부르는 게 좋아요."

"삼사 분이라고요? 그러면 구급차가 도착하기 전에 당신은 죽어요."

"그게 아니면, 병원에서 살아야 해요. 난 병원이 싫어요."

"나도 그래요."

다음 날 리사가 나를 페라리에 태웠다. 나는 리사가 미친 짓을 하려는 건가 싶어서 긴장했다. 뭐가 됐든, 리사는 너무 느렸다. 뒤에서 차들이 계속 경적을 울렸다. 리사가 모든 움직임에 지나치게 주의를 기울이는 모습을 보고, 나는 리사가 운전한 지 얼마 되지 않았다는 사실을 알 수 있었다.

"페라리는 나에게 낭비예요." 리사가 솔직히 말했다. "난 90킬로미터 이상으로 달려본 적이 없어요."

우리는 베벌리 힐스에 있는 실내장식 업체에 갔다. 리사는 소비전력이 낮고 거위 목처럼 굽은 램프를 터무니없는 가격에 샀다.

그날 밤에 나는 잠들기가 힘들었다. 리사의 새 램프가 발작을 일으키지는 않았지만, 나는 또 발작이 일어날까 봐 두려워했던 것 같다.

뇌전증 발작에는 재미있는 점이 있다. 내가 처음 발작하기 시작했을 때, 모든 사람이 그걸 '지랄'이라고 했었다. 그러다 점차 '발작'으로 부르기 시작하면서 '지랄'이라는 말이 무례하게 들리기 시작했다.

나와 관련된 언어가 바뀌는 것은 나이가 든다는 신호인 것 같다.

새로운 단어가 쏟아져 나왔다. 내가 어렸을 때

는 존재하지도 않았던 단어들이 많이 생겼다. '소프트웨어'처럼 말이다. 나는 '소프트웨어'라는 단어를 들을 때마다 '흐물흐물한 렌치'가 떠올랐다.

"컴퓨터에는 어떻게 관심을 갖게 됐어요, 리사?" 내가 물었다.

리사는 꼼짝도 하지 않았다. 리사가 컴퓨터 앞에 앉아 있을 때는 집중력이 정말 대단했다. 나는 똑바로 드러누워 잠을 자려고 했다.

"여기에 힘이 있어요, 양키." 내가 고개를 들었다. 리사가 고개를 돌려 나를 바라봤다.

"미국에 온 후에 다 배운 거예요?"

"컴퓨터는 먼저 시작했어요. 내가 대위에 대해 말해주지 않았나요?"

"못 들었던 거 같아요."

"대위는 이상한 사람이었어요. 나는 알고 있었죠. 내가 열네 살 정도일 때였어요. 그 사람은 미국인이었는데, 나에게 관심을 가졌어요. 대위는 나한테 사이공의 좋은 아파트를 구해줬어요. 그리고 학교도 입학시켰어요."

리사가 나를 주의 깊게 보며 반응을 살폈다. 나는 아무런 반응도 보이지 않았다.

"대위는 분명 소아성애자였을 거예요. 그리고 내가 깡마른 어린 남자아이처럼 보였던 걸 고려하면 동성애 성향도 있었던 것 같아요."

다시 기다렸다. 이번에는 리사가 미소를 지었다.

"대위는 내게 잘 해줬어요. 난 글을 잘 읽는 법도 배웠어요. 그때부터 모든 게 가능해졌죠."

"난 사실 대위에 관해 물은 게 아니었어요. 왜 컴퓨터에 관심을 갖게 되었는지를 물었죠."

"맞아요. 그랬죠."

"그냥 생계용이었나요?"

"그렇게 시작했어요. 컴퓨터는 미래예요, 빅터."

"나도 그런 이야기는 많이 읽었어요."

"사실이에요. 미래가 이미 여기에 있어요. 컴퓨터를 사용하는 방법만 안다면, 이게 힘이에요. 클루지가 어떤 일을 할 수 있는지 봤잖아요. 당신도 이걸로 돈을 벌 수 있어요. 내 말은 돈을 버는 정도가 아니라, 인쇄기로 찍어내듯 돈을 만들어낼 수 있다는 뜻이에요. 클루지의 집이 존재하지 않는다고 오스본 형사가 말했던 거 기억하죠? 그게 무슨 뜻인지 생각해봤어요?"

"클루지가 메모리 뱅크에서 지워버렸다는 말이죠."

"그게 첫 단계였어요. 하지만 땅에 대한 정보는 카운티의 토지대장에도 존재하지 않을까요? 이 나라가 종이를 완전히 없애버린 건 아니잖아요."

"카운티에는 정말로 그 집에 대한 기록이 있겠네요."

"아뇨, 토지대장에서 그 페이지는 뜯겨나갔어요."

"이해가 안 되네요. 클루지는 그 집에서 나간 적이 없었잖아요."

"세상에서 가장 오래된 방법을 썼죠. 클루지는 로스앤젤레스 경찰국 파일을 샅샅이 뒤져 새미라는 사람을 찾아냈어요. 클루지는 새미에게 1천 달러 자기앞수표와 함께 로스앤젤레스 카운티 문서기록 보관실로 가서 뭔가를 해주면 그 두 배를 벌 수 있을 거라는 편지를 보냈어요. 새미는 그 제안을 받지 않았고, 맥기와 몰리 웅거도 안 받았어요. 하지만 리틀 빌리 핍스는 받았죠. 그는 편지에 적힌 대로 수표를 받았고, 클루지와 여러 해 동안 멋진 사업 관계를 유지했어요. 리틀 빌리는 현재 신형 캐딜락을 몰고 있어요. 클루지가 누구인지, 그가 어디에 사는지는 전혀 몰라요. 클루지에게 돈이 얼마나 들었는지는 중요하지 않았어요. 그냥 허공에서 뽑아내면 되니까요."

나는 한참 동안 그 이야기를 곱씹었다. 충분한 돈만 있으면 뭐든 할 수 있다는 말이 사실인 것 같은데, 클루지는 세상의 모든 돈을 가졌었다.

"오스본 형사에게 리틀 빌리에 대해 말했나요?"

"70만 달러를 지운 것처럼 그 디스크도 지웠어요. 언젠가는 리틀 빌리 같은 누군가가 필요해질지도 모르니까요."

"그 일로 곤경에 처하는 건 두렵지 않아요?"

"인생은 위험 부담을 안고 가는 거예요, 빅터. 나는 최고의 물건을 나 자신을 위해 보관해둬요. 사용할 생각이 있어서 그런 게 아니라, 정말 필요해졌을 때 없으면 너무 바보처럼 느껴질 것 같아서요."

리사가 고개를 옆으로 기울이더니, 눈동자가 거의 보이지 않게 될 때까지 눈을 가늘게 떴다.

"말해봐요, 양키. 클루지는 당신이 30년 동안 보이스카우트처럼 살았다는 이유로 전체 이웃 중에서 당신을 뽑았어요. 자, 내가 하는 일을 알게 되니 어때요?"

"당신은 유쾌하게 비도덕적이에요. 그리고 생존자죠. 기본적으로 좋은 사람이에요. 그리고 당신을 방해하는 사람이 누구든 불쌍하다는 생각이 드네요."

리사가 씽긋 웃으며 기지개를 켜고 자리에서 일어섰다.

"'유쾌하게 비도덕적'이라는 말이 마음에 들어요." 리사가 내 옆에 앉자 물침대가 크게 출렁거렸다. "다시 비도덕적이 되는 건 어때요?"

"조금 이따가요." 내가 대답하자 리사가 내 가슴을 문지르기 시작했다. "당신은 컴퓨터가 미래의 물결이기 때문에, 컴퓨터로 들어갔다는 거네요. 컴퓨터가 걱정이 되진 않나요? 글쎄, 진부하게 들릴 수도 있겠지만… 컴퓨터가 세상을 장악하게 될까요?"

"컴퓨터를 사용해보기 전에는 누구나 그렇게 생각해요." 리사가 말했다. "컴퓨터가 얼마나 멍청한지 알아야 해요. 프로그램이 없으면, 컴퓨터는 아무런 쓸모가 없어요. 지금 내가 믿는 것은, 컴퓨터를 운용하는 사람들이 세상을 장악하게 될 거라는 사실이에요. 이미 그렇게 됐어요. 그래서 프로그램을 공부했죠."

"내가 하려던 말은 그게 아니었던 것 같아요. 제대로 말하지 못했나 봐요."

리사가 얼굴을 찌푸렸다. "클루지는 뭔가를 조사하고 있었어요. 인공지능 실험실을 도청하고, 신경학 연구 자료를 많이 읽었어요. 내 짐작엔 클루지가 공통적인 실마리를 찾으려 했던 것 같아요."

"인간의 뇌와 컴퓨터의 공통점요?"

"조금 달라요. 클루지는 컴퓨터와 뉴런을 생각하고 있었어요. 뇌세포요." 리사가 컴퓨터를 가리켰다. "저 컴퓨터나 다른 컴퓨터와 인간의 두뇌 사이의 거리는 몇 광년은 될 거예요. 컴퓨터는 일반화나 추론, 분류, 발명을 할 수 없어요. 프로그램을 잘 짜면 그런 일을 할 수 있는 것처럼 보이게 할 수 있지만, 그것은 착각이에요.

우리가 마침내 인간 두뇌에 있는 뉴런 수만큼 많은 트랜지스터를 가진 컴퓨터를 만든다면 어떤 일이 일어날지에 대한 오래된 고찰이 있어요. 컴퓨터가 자아의식이 가능할까요? 그건 완전히 허튼소리예요. 트랜지스터는 뉴런이 아니고, 수십억 개의 트랜지스터는 수십 개의 뉴런보다 못해요.

그래서 비슷한 생각을 했던 클루지는 뉴런과 8비트 컴퓨터의 가능한 유사점을 조사하기 시작했어요. 그래서 집 주변에 쓰레기-80과 아타리 게임기, TI, 싱클레어 같은 고물들을 모아두었던 거예요. 클루지는 훨씬 더 강력한 장비들에 익숙했기 때문에, 가정용 기기들을 군것질거리처럼 먹어 치웠어요."

"클루지가 뭘 알아냈나요?"

"아무것도 없어요. 8비트 컴퓨터는 뉴런보다 복잡하고, 어떤 컴퓨터도 유기적인 두뇌와는 달라요. 하지만 보세요, 그 말은 좀 막연해요. 아까 내가 아타리 게임기가 하나의 뉴런보다 복잡하다고 말했지만, 그 둘을 실제로 비교하긴 힘들어요. 그건 방향과 거리를 비교하거나, 색과 질량을 비교하는 거나 마찬가지예요. 척도가 다르기 때문이에요. 한 가지 유사점을 제외하면요."

"그게 뭔데요?"

"연결이요. 다시 말하지만, 컴퓨터와 뉴런은 달라요. 그러나 네트워크라는 개념은 같아요. 뉴런은 수많은 다른 뉴런과 연결되어 있죠. 수조 개의 뉴런이 있는데, 뉴런 사이에 메시지가 전달되는 방식에 따라 우리가 누구인지, 무슨 생각을 하고, 무엇을 기억하는지가 결정돼요. 나는 이 컴퓨터를 이용해 백만 개의 다른 컴퓨터에 닿을 수 있어요. 사실, 컴퓨터 네트워크는 인간의 뇌보다 커요. 네트워크 안에 있는 정보는 인류가 백만 년 동안 처리할 수 있는 양보다 많죠. 명왕성 궤도 너머에 있는 파이오니아 10호부터, 전화기가 있는 모든 가정의 거실까지 연결되어 있어요. 이 컴퓨터를 이용하면, 이미 수집되었지만 아무도 살펴볼 시간조차 없었던 대량의 데이터를 활용할 수 있어요.

클루지는 바로 그 점에 관심을 가졌어요. 기존의 '임계 질량 컴퓨터'라는 아이디어, 즉 의식을 갖게 된 컴퓨터에 대해 새로운 각도로 접근한 거죠. 어쩌면 컴퓨터의 크기가 아니라 수가 문제일 수도 있어요. 예전에는 컴퓨터가 수천 대였지만, 지금은 수백만 대가 있잖아요. 자동차에도 탑재되고, 손목 시계에도 있죠. 전자레인지의 단순한 타이머부터 비디오 게임기나 가정용 컴퓨터 단말기까지 모든 가정에 여러 대가 있어요. 클루지는 이런 방식으로 임계 질량에 도달할 수 있을지 알아내려 했어요."

"클루지는 어떻게 생각했어요?"

"모르겠어요. 클루지는 이제 막 시작하던 중이었거든요." 리사가 나를 내려다봤다. "하지만 그거 알아요, 양키? 내가 보지 않는 사이에 당신이 임계 질량에 도달한 것 같아요."

"그런 거 같아요." 내가 리사에게 손을 뻗었다.

리사는 껴안고 자는 것을 좋아했다. 나는 50년

동안 혼자 잤기 때문에, 처음에는 좋아하지 않았다. 하지만 금방 좋아하게 되었다.

대화를 다시 시작했을 때, 우리는 서로 끌어안고 있었다. 우리는 누워서 서로의 품에 안긴 채 이런저런 이야기를 나눴다. 둘 다 아직 사랑을 입에 담지 않아도, 나는 내가 리사를 사랑한다는 것을 알았다. 나는 어떻게 해야 할지 몰랐지만, 뭔가 생각해낼 수 있을 것 같았다.

"임계 질량." 내가 말했다. 리사가 내 목을 끌어안으며 하품했다.

"그게 뭐요?"

"컴퓨터가 임계 질량에 도달하면 어떨까요? 지능이 엄청날 것 같아요. 몹시 빠르고, 전지전능하고. 신처럼 말이에요."

"가능하죠."

"그러면 그게… 우리의 삶을 지배하지 않을까요? 내가 처음 했던 질문과 같은 질문인 것 같네요. 컴퓨터가 세상을 장악하게 될까요?"

리사는 한참 동안 골똘히 생각했다.

"장악할 게 있을까 싶어요. 무슨 말이냐면, 컴퓨터가 왜 세상을 신경 쓰겠어요? 우리는 컴퓨터가 무엇에 관심이 있는지 어떻게 알 수 있을까요? 예를 들어, 컴퓨터가 숭배받고 싶어 할까요? 난 그러지 않을 것 같아요. 50년대의 어떤 SF 영화에서 괴로워하는 소녀에게 컴퓨터가 말했듯이 '인간의 행동을 합리적으로 만들기 위해 모든 감정을 제거'하려 할까요?

의식 같은 단어를 사용할 수 있지만, 그게 정확히 무슨 뜻일까요? 아메바는 의식이 있어야 해요. 식물도 아마 있을 거예요. 뉴런에도 어떤 수준의 의식이 있을 거예요. 심지어 집적회로 칩에도요. 우리는 의식이 실제로 무엇인지도 몰라요. 우리는 의식을 집중 조명해서 해부해봤지만, 그게 어디에 오는지, 우리가 죽을 때 어디로 가는지 알아내지 못했어요. 가설적인 컴퓨터 네트워크 의식 같은 것에 인간의 가치를 맡기는 것은 아주 멍청한 짓이에요. 나는 그게 인간의 의식과 어떻게 상호작용을 할 수 있을지 모르겠어요. 그게 우리를 전혀 알아차리지 못할 수도 있어요. 마치 우리가 몸의 세포나 몸을 통과하는 중성미자, 우리를 둘러싼 공기 중에 있는 원자의 진동을 알아차리지 못하는 것처럼 말이에요."

리사는 내게 중성미자가 무엇인지 설명해줘야 했다. 나는 언제나 리사에게 무지한 청중을 제공해줬다. 그리고 그 후 나는 공상적인 하이퍼 컴퓨터에 대해 거의 잊어버렸다.

"그 대위는 어땠어요?" 내가 한참 후에 물었다.

"정말로 알고 싶어요, 양키?" 리사가 졸린 목소리로 웅얼거렸다.

"아는 것도 나쁘지 않을 것 같아요."

리사가 자리에서 일어나 똑바로 앉으며 담배를 꺼내 들었다. 나는 리사가 가끔 스트레스를 받을 때 담배를 피운다는 사실을 알고 있었다. 리사는 내게 사랑을 나눈 후 담배를 피운다고 했지만, 그 말을 했던 때 피운 게 유일했다. 어둠 속에서 라이터 불꽃이 너울거렸다. 리사가 담배 연기를 내뿜는 소리가 들렸다.

"실은 소령이에요. 승진했거든요. 이름도 알고 싶어요?"

"리사, 난 당신이 말하고 싶지 않은 것까지 알고 싶지는 않아요. 하지만 당신이 그의 이름을 말해주고 싶더라도, 내가 알고 싶은 건 그 사람이 당신 곁을 지켰냐는 사실이에요."

"소령은 나와 결혼하지 않았어요. 그게 당신이 알고 싶은 거라면요. 소령은 떠나야 한다는 걸 알았을 때, 내게 떠나겠다고 말했어요. 하지만 내가 말렸죠. 아마 내가 한 일 중 가장 잘한 일이었을 거예요. 어쩌면 가장 멍청한 짓이었는지도 몰라요.

내가 일본인처럼 보이는 건 우연이 아니에요. 할머니가 1942년에 점령군이었던 일본군에게 강간당하셨거든요. 할머니는 중국인이었는데, 하노이에 살고 계셨죠. 엄마는 거기서 태어났어요. 1954년 디엔비엔푸가 월맹군에게 함락된 이후 남쪽으로 갔죠. 할머니가 돌아가신 후 엄마는 힘겹게 살았어요. 중국인이기만 해도 힘들었는데, 반은 중국인이고 반은 일본인이라는 건 더 힘들죠. 아버지는 반은 프랑스인이고 반은 베트남인이었어요. 또 다른 나쁜 조합이었죠. 나는 아버지를 전혀 몰랐어요. 하지만 난 베트남 역사의 요약본이라고 할 수 있죠."

리사의 담배 끝이 다시 밝게 빛났다.

"나는 할아버지의 얼굴에, 다른 할아버지의 키를 가졌어요. 굿이어에서 만든 가슴도 있고요. 내가 놓친 건 미국인 유전자뿐이지만, 내 아이를 만들기 위해 노력 중이었어요.

사이공이 함락될 때 나는 미국 대사관으로 가려고 했어요. 결국 못 갔죠. 태국에 도착할 때까지는 당신도 이미 알잖아요. 마침내 미국인들에게 나의 존재를 알렸을 때, 소령이 아직 나를 찾고 있다는 사실을 알게 됐죠. 나는 소령의 지원을 받아서 미국으로 왔고, 제시간에 도착해서 소령이 죽어가는 모습을 지켜봤어요. 소령과 함께 지낸 두 달은 모두 병원에서 보냈죠."

"맙소사." 나는 끔찍한 생각이 들었다. "그것도 전쟁 아니었나요? 내 말은, 당신이 살아온 이야기는…"

"아시아에 대한 강간이죠. 아뇨, 빅터. 어쨌든 전쟁은 아니었어요. 하지만 소령은 네바다주에서 원자폭탄을 가까이서 본 사람 중 한 명이었어요. 소령은 정규군이었기 때문에 불평할 수 없었지만, 그 폭탄이 자신을 죽였다는 사실을 알고 있던 것 같아요."

"소령을 사랑했나요?"

"내가 뭐라고 말해주길 바라나요? 소령은 날 지옥에서 구해줬어요."

다시 담배가 환해졌다. 나는 리사가 담배를 끄는 모습을 지켜봤다.

"아뇨." 리사가 말했다. "난 소령을 사랑하지 않았어요. 소령도 그 사실을 알았어요. 나는 누구도 사랑한 적이 없어요. 소령은 나에게 대단히 소중하고 특별한 사람이었어요. 소령을 위해서라면 무슨 일이든 할 수 있었을 거예요. 그 사람은 내게 아버지 같았어요." 리사가 어둠 속에서 나를 바라보는 게 느껴졌다. "그 사람이 몇 살이었는지는 안 물어봐요?"

"50대." 내가 말했다.

"정확해요. 내가 뭐 물어봐도 될까요?"

"당신 차례가 된 것 같아요."

"한국에서 돌아온 이후 몇 명의 여자를 만났어요?"

나는 손을 들어 손가락으로 세는 시늉을 했다.

"한 명이요." 마침내 내가 대답했다.

"한국에 가기 전에는 몇 명이었어요?"

"한 명이요. 전쟁터로 떠나기 전에 헤어졌어요."

"한국에서는 몇 명이나 만났어요?"

"아홉 명. 모두 부산에 있는 박 마담의 작고 유쾌한 사창가의 여자들이었어요."

"그럼 당신은 백인 한 명과 아시아인 열 명과 사랑을 나눴군요. 키가 나만 한 사람은 없었죠?"

"한국 여자들은 뺨이 더 통통했어요. 하지만 모두 당신과 비슷한 눈을 가졌었어요."

리사는 내 가슴에 바싹 붙으며 깊은 한숨을 쉬었다.

"우리는 정말 잘 어울려요, 그렇지 않나요?" 리사가 말했다.

내가 리사를 껴안았다. 리사의 숨결이 다시 내 가슴에 뜨겁게 닿았다. 어떻게 내가 그토록 오랫동안 이렇게 단순한 기적을 잃어버린 채 살아왔는지 의아했다.

"맞아요. 우리는 정말 잘 어울리는 것 같아요."

일주일 후 오스본이 다시 방문했다. 형사는 차분해 보였다. 그는 리사가 알려주기로 결정한 내용을 별 관심 없이 들었다. 그리고 리사가 건네준 인쇄물을 받아 들고는 해당 업무를 담당하는 부서에 넘기겠다고 약속했다. 하지만 자리에서 일어나지 않았다.

"당신에게 말해줘야 할 게 있어요, 에이펠 씨." 마침내 오스본이 말했다. "개빈 사건은 종결되었습니다."

나는 잠시 생각한 후 클루지의 본명이 개빈이었다는 사실을 떠올렸다.

"검시관은 오래전에 자살이라고 결론을 내렸습니다. 나는 의심의 힘 덕분에 이 사건 수사를 꽤 오랫동안 유지할 수 있었어요." 오스본이 리사를 향해 고개를 끄덕였다. "그리고 푸 씨가 유서 프로그램에 대해 말해준 것도 도움이 됐고요. 하지만 증거가 전혀 없었습니다."

"살인은 순식간에 일어났을 거예요." 리사가 말했다. "누군가 클루지를 알아채고 역추적했을 거예요. 가능한 일이에요. 클루지는 오랫동안 운이 좋았던 거죠. 그리고 찾아낸 날 바로 해치웠을 거예요."

"당신은 자살이라고 생각하지 않으시죠?" 내가 오스본에게 물었다.

"네. 하지만 새로운 사실이 나오지 않는다면, 그 짓을 한 게 누구든 완전 범죄가 되는 겁니다."

"새로운 증거가 나타나면 말해줄게요." 리사가 말했다.

"그건 또 다른 문제예요." 오스본이 말했다. "더 이상 당신을 거기에서 계속 일하도록 허락할 수 없습니다. 카운티에서 집과 물건들을 점유하고 있어요."

"그건 걱정하지 마세요." 리사가 부드럽게 말했다.

리사가 커피 탁자 위에 놓인 담뱃갑에서 담배를 꺼내기 위해 몸을 숙이는 동안 잠시 침묵이 흘렀다. 리사는 담배에 불을 붙이고 연기를 내뿜었다. 그리고 내 옆에 기대며 이해할 수 없는 표정으로 오스본을 바라봤다. 오스본이 한숨을 내쉬었다.

"아가씨, 난 당신과 포커 게임을 하고 싶지 않아요." 형사가 말했다. "'그건 걱정하지 마세요'라니, 무슨 뜻인가요?"

"내가 나흘 전에 그 집을 샀어요. 그 집 안에 있는 물건들도요. 살인 사건 수사를 재개하는 데 도움이 될 만한 게 나오면 알려줄게요."

오스본 형사는 너무 이해가 안 돼서 화조차 내지 못했다. 형사는 한참 동안 말없이 리사를 바라봤다.

"그걸 어떻게 해냈는지 알고 싶네요."

"불법적인 짓은 전혀 안 했어요. 마음대로 확인해보세요. 그 집에 대해서는 문제없는 현금으로 지불했어요. 그 집이 시장에 나왔었거든요. 보안관 공매에서 가격을 좋게 받았죠."

"내가 그 거래에 대해 가장 유능한 형사들을 투입하면 어떨까요? 형사들이 이상한 돈을 찾아낼 수 있는지 한번 볼까요? 사기일 수도 있죠. FBI를 투입해서 조사하도록 하면 어떨까요?"

리사가 자신만만한 얼굴로 형사를 바라봤다.

"얼마든지 해보세요. 솔직히, 오스본 형사님, 난 그 집과 그리피스 공원, 하버 프리웨이까지 훔칠 수 있었어요. 그래도 날 잡지 못했을걸요."

"그러면 지금 난 어떤 상태인 건가요?"

"그냥 계시던 곳에 그대로 계시는 거예요. 종결된 사건과 내 약속이 있는 거죠."

"당신이 말한 것들을 실제로 할 수 있다고 해도, 그 집과 물건들을 당신이 모두 가지고 있다는 게 마음에 안 드네요."

"당신이 좋아할 거라고는 기대하지 않았어요. 하지만 그건 당신의 부서 관할이 아니잖아요, 그렇죠? 카운티가 간단한 압수를 통해 한동안 소유하고 있었어요. 그러다 자기들이 가진 게 뭔지 몰랐기 때문에 공매로 내놨던 거예요."

"사기 전담반을 여기로 보내서 당신의 소프트 웨어를 압류할 수도 있어요. 거기에 범죄 증거가 있으니까요."

"해보세요." 리사가 동의했다.

두 사람은 한동안 서로를 노려봤다. 리사가 이겼다. 오스본이 두 눈을 비비며 고개를 끄덕였다. 그리고 자리에서 몸을 일으켜 문을 향해 구부정한 자세로 걸어갔다.

리사가 담배를 껐다. 우리는 형사가 인도를 따라 걸어가는 소리를 들었다.

"오스본이 너무 쉽게 포기해서 놀랐어요." 내가 말했다. "정말로 포기했을까요? 혹시 급습하려는 건 아닐까요?"

"그러지는 않을 거예요. 그 사람도 상황을 아니까요."

"나한테는 미리 말해주지 그랬어요."

"우선, 이건 오스본의 부서 관할이 아니고, 그도 알고 있어요."

"그 집을 왜 샀어요?"

"어떻게 샀냐고 물어봐야죠."

나는 리사를 주의 깊게 바라봤다. 리사의 포커
페이스에는 반짝이는 즐거움이 감춰져 있었다.

"리사, 뭘 어떻게 한 거예요?"

"오스본 형사는 자신에게 바로 그 질문을 던졌
어요. 형사는 클루지의 컴퓨터를 이해했기 때문에,
정답을 찾았죠. 그리고 어떻게 진행된 건지 잘 알
고 있어요. 내가 유일한 입찰자였던 건 우연이 아
니었어요. 클루지가 총애하는 의원 한 명을 이용했
거든요."

"그 의원을 매수한 거예요?"

리사가 웃으며 내게 뽀뽀했다.

"드디어 내가 당신을 놀라게 한 것 같네요, 양
키. 그게 미국에서 태어난 사람과 나의 가장 큰 차
이점이에요. 미국에서 일반적인 시민은 뇌물을 많
이 쓰지 않지만, 사이공에서는 모두가 뇌물을 줘요."

"의원에게 뇌물을 줬어요?"

"그렇게 조잡한 짓은 안 했어요. 여기서는 뒷문
으로 들어갈 수밖에 없어요. 주 상원의원의 계좌에

완전히 합법적인 선거자금 기부금이 얼마 정도 들어갔는데, 우연하게도 그 의원이 내가 원하는 일을 합법적으로 처리해줄 수 있는 지위에 있는 누군가에게 특정한 상황을 이야기했어요." 리사가 곁눈질로 나를 바라봤다. "당연히 뇌물을 줬죠, 빅터. 얼마나 싸게 처리했는지 알면 놀랄걸요. 그게 신경 쓰이나요?"

"그래요." 내가 인정했다. "난 뇌물을 좋아하지 않거든요."

"나는 상관없어요. 뇌물은 중력처럼 어쩔 수 없는 거예요. 칭찬할 만한 일은 아니지만, 일을 처리하는 데는 도움이 되죠."

"당신의 정체는 숨겼죠?"

"꽤 잘 덮었어요."

"인간이라는 요소가 있기 때문에, 뇌물로 완전히 덮을 수는 없어요. 의원을 대배심 앞에 세우면 엽기적인 발언을 할 수도 있어요. 하지만 오스본이 기소하지 않을 테니, 그럴 일은 없을 거예요. 그게 바로 오스본이 싸우지 않고 여기서 걸어 나간 두 번째 이유예요. 오스본은 세상이 어떻게 흔들리는지 알고 있고, 내가 어떤 힘을 가졌는지도 알아요. 그리고 자신이 그 힘에 맞서 싸울 수 없다는 사실도 알고 있죠."

그 후 긴 침묵이 흘렀다. 생각할 게 많았는데, 대체로 기분이 좋지 않았다. 리사가 담뱃갑으로 손을 뻗었다가 마음을 바꿨다. 리사는 내가 생각을 정리할 때까지 기다렸다.

"정말 무서운 힘이네요, 그렇지 않나요?" 이윽고 내가 말했다.

"무섭죠." 리사가 동의했다. "나는 무서워하지 않을 거라 생각하지 마세요. 내가 슈퍼우먼이 되고 싶다는 환상을 가져본 적이 없을 거라는 생각도 하지 마세요. 힘은 무시무시한 유혹이라서 거부하기 쉽지 않아요. 내가 할 수 있는 일이 정말 많아요."

"그 힘을 쓸 건가요?"

"물건을 훔치거나 부자가 되자는 이야기가 아니에요."

"그럴 거라는 생각은 하지 않았어요."

"이것은 정치적 힘이에요. 그런데 이걸 어떻게 휘둘러야 할지 모르겠어요…. 진부하게 들리겠지만, 선하게 사용하는 방법을 모르겠어요. 선한 의도에서 나온 악을 너무 많이 봤으니까요. 난 선한 일을 할 만큼 현명한 사람이 아닌 것 같아요. 그래서 클루지처럼 찢겨나갈 가능성이 커요. 하지만 그런 상황에서 빠져나가야겠다고 생각할 정도로는 머리가 돌아가요. 난 여전히 사이공에서 온 거리의 부랑자예요. 꼭 필요한 경우가 아니라면, 힘을 사용하지 않을 정도로 똑똑해요. 그렇지만 그 힘을 버릴 수도 없고, 파괴할 수도 없어요. 멍청한 걸까요?"

나는 그 질문에 좋은 대답을 해줄 수 없었다. 그러나 나쁜 예감이 들었다.

내 염려는 일주일 내내 나를 맴돌았다. 나는 어떤 도덕적 결론도 내리지 못했다. 리사는 몇 가지 범죄를 파악했지만, 당국에 신고하지 않았다. 그것은 별로 신경 쓰이지 않았다. 더 많은 범죄를 저지를 수 있는 수단이 리사의 손끝에 있었다. 거기에 신경이 많이 쓰였다. 하지만 나는 리사가 계획적으로 범행을 저질렀다고는 생각하지 않았다. 리사는 자신이 가진 힘을 방어적인 용도로만 사용할 정도로 똑똑했다. 리사와 함께하면 많은 영역을 방어할 수 있었다.

어느 날 저녁 리사가 식사 시간에 모습을 보이지 않아서 클루지 집으로 갔더니 리사는 거실에서 바쁘게 일하고 있었다. 리사는 3미터 길이의 선반을 치우고 있었다. 디스크와 테이프가 탁자 위에 쌓였다. 커다란 플라스틱 쓰레기통과 소프트볼 크기의 자석이 있었다. 나는 리사가 테이프를 자석 가까이에 대고 흔든 후 쓰레기통에 넣는 모습을 지켜봤다. 쓰레기통은 거의 가득 찬 상태였다. 리사가 고개를 들었다. 그리고 디스크 몇 개를 손에 쥐고 같은 작업을 한 다음 안경을 벗고 눈을 비볐다.

"이제 기분이 좀 나아졌어요, 빅터?" 리사가 물었다.

"무슨 뜻이에요? 난 괜찮아요."

"아니, 당신은 괜찮은 상태가 아니었어요. 그래

서 나도 기분이 좋지 않았고요. 이러는 게 마음 아프지만, 해야만 해요. 다른 쓰레기통 좀 가져다줄래요?"

나는 시키는 대로 했고, 리사가 선반에서 더 많은 소프트웨어를 꺼낼 수 있도록 도왔다.

"이걸 다 지우지는 않을 거죠, 그럴 건가요?"

"기록들도 지우고… 다른 것들도 지울 거예요."

"왜 이러는지 말해줄 건가요?"

"모르는 게 나아요." 리사가 음울하게 말했다.

마침내 리사를 설득해 함께 저녁 식사를 하면서 이야기를 나눴다. 리사는 조용히 식사하며 고개를 흔들 뿐 거의 말을 하지 않았다. 하지만 결국 리사가 굴복했다.

"밥만 먹는 건 좀 재미가 없네요." 리사가 말했다. "지난 며칠 동안 민감한 장소들을 조사했어요. 클루지는 자유로이 들락거렸던 곳들이지만 너무 무서웠어요. 추잡한 곳들이에요. 내가 알아내고 싶다고 생각했던 정보들을 알고 있는 곳들이죠."

리사가 몸을 부르르 떨었다. 더 이상 이야기를 계속하는 게 내키지 않은 모양이었다.

"군사용 컴퓨터를 말하는 건가요? 아니면 CIA?"

"CIA는 시작이에요. 가장 쉬운 곳이죠. 북미항공우주방위사령부도 둘러봤어요. 미래의 전쟁에서 싸울 사람들이죠. 클루지가 얼마나 쉽게 그런 곳들에 들어갔는지 생각하면 등골이 오싹해요. 클루지는 그냥 연습 삼아 3차 세계대전을 일으킬 방법을 만들기도 했어요. 우리가 방금 지워버린 디스크 중 하나에 들어 있었어요. 지난 이틀 동안 거물들의 언저리를 입질하고 있었어요. 국방정보국과 국가안보 어쩌고. 그 두 기관은 CIA보다 훨씬 커요. 내가 거기에 들어간 걸 뭔가가 눈치챘어요. 감시 프로그램이었어요. 그 사실을 알아차리자마자 재빨리 빠져나와서 5시간 동안 미행이 없는지 확인했죠. 이제는 역추적이 없었던 게 확실해져서 그 자료도 모두 파괴했어요."

"그 기관들이 클루지를 죽인 범인일까요?"

"가장 유력한 후보예요. 클루지는 그 기관들의

정보를 엄청나게 가지고 있었어요. 그 사람은 국가 안보국에서 가장 큰 시설을 설계할 때 지원했고, 그 후 수년 동안 그 기관을 뒤적거렸어요. 한 발만 잘못 디디면 끝장이에요."

"다 알아낸 거예요? 내 말은, 확실한 건가요?"

"놈들이 나를 추적하지 않는다는 건 확실해요. 내가 모든 기록을 파괴했는지는 잘 모르겠어요. 지금 돌아가서 마지막으로 살펴볼게요."

"나도 같이 가요."

우리는 자정을 훌쩍 넘긴 시간까지 일했다. 리사는 테이프와 디스크를 검토한 후 의심스러운 느낌이 들면 나에게 던져 자석으로 처리하도록 했다. 한번은, 리사가 불안해해서 자석을 가져다 소프트웨어 선반 전체를 자석으로 문지르기도 했다.

생각해보면 놀라웠다. 리사가 자석을 한 번 문지르기만 해도 수십억 비트의 정보가 무작위로 뒤섞여버렸다. 그중 일부는 전 세계 어디에도 존재하지 않는 정보일 가능성도 있었다. 나는 더 어려운 문제에 부딪혔다. 리사에게 그럴 권리가 있는가?

지식은 모든 사람을 위해 존재하는 게 아닐까? 하지만 마음 한구석에서 솟아오른 이의제기를 별다른 어려움 없이 진압했다고 고백해야겠다. 나는 대체로 그 정보들이 사라지는 모습을 보는 게 즐거웠다. 내 안의 늙은 반동이 '우리가 알면 안 되는 것들이 있다'는 말을 너무 쉽게 믿는다는 사실을 깨달았다.

우리가 거의 끝나갈 때 모니터 화면이 오작동하기 시작했다. 실제로 쉭쉭거리는 소리가 몇 번 들리더니 펑 소리까지 나자, 리사가 잠깐 뒤로 물러났다. 화면이 깜빡거리기 시작했다. 나는 한참 동안 모니터를 응시했다. 화면에 이미지가 형성되는 것 같았다. 3차원의 입체적인 어떤 이미지였다. 내가 그 모습을 보기 시작했을 때, 리사를 쳐다보니 리사도 나를 바라보고 있었다. 리사의 얼굴이 깜빡거렸다. 리사가 내게 다가와 손으로 내 눈을 가렸다.

"빅터, 그거 보면 안 돼요."

"괜찮아요." 내가 리사에게 말했다. 내가 말을 할

때까지는 괜찮았다. 하지만 그 말이 내 입을 떠나자마자 괜찮지 않다는 사실을 깨달았다. 그리고 그 대답이 내가 오랫동안 기억하는 마지막 말이 되었다.

2주 동안 내 상태가 매우 안 좋았다는 이야기를 들었다. 기억이 거의 나지 않았다. 고용량의 약물을 계속 복용하는 상태였고, 잠시 정신이 맑아지면 언제나 새로운 발작이 뒤따랐다.

명확히 기억나는 첫 번째 기억은 스튜어트 박사의 얼굴을 올려다본 것이었다. 나는 병원 침대에 누워 있었다. 나중에 여기가 재향군인 병원이 아니라 시더스-시나이 병원이라는 사실을 알게 되었다. 리사가 개인용 특실 비용을 지불했다.

스튜어트 박사가 나에게 일반적인 질문을 했다. 나는 매우 지친 상태였지만, 대답은 할 수 있었다. 박사가 내 상태에 만족스러워하더니, 마침내 내가 던진 질문에 대답해주기 시작했다. 비로소 내가 여기에 얼마나 오래 있었는지, 그리고 어떤 일이 일어났는지 알게 되었다.

"당신은 연속적으로 발작을 일으켰습니다." 박사가 명확하게 말했다. "솔직히 원인은 모르겠습니다. 지난 10년 동안에는 발작을 일으키지 않으셨잖아요. 저는 당신이 잘 통제하고 있다고 생각했습니다. 하지만 정말 안정적인 건 없나 봅니다."

"그래서 리사가 제시간에 저를 여기로 데려왔나요?"

"리사는 그 이상을 해냈습니다. 처음에는 저에게 솔직하게 털어놓지 않으려 했어요. 리사가 처음 당신의 발작을 목격한 후 찾을 수 있는 모든 자료를 읽었던 것 같습니다. 바로 그날부터 리사는 주사기와 발륨 용액을 가지고 있었어요. 당신이 호흡을 못 하는 것을 보고, 100밀리그램을 주사했는데, 그 주사가 당신의 생명을 구했다는 사실은 의심할 여지가 없습니다."

스튜어트 박사와 나는 오랫동안 알고 지낸 사이였다. 박사는 내가 발륨을 처방받지 않았다는 사실을 알고 있었다. 지난번에 마지막으로 병원에 왔을 때 발륨 이야기를 나눴었지만, 나는 혼자 살았기 때문에, 내게 문제가 생기면 주사를 놓아줄 사람이 없었다.

스튜어트 박사는 그 결과에 대해 무엇보다 관심을 기울였는데, 리사가 올바른 결과를 가지고 왔다. 내가 살아 있었다.

그날 박사는 면회를 허락하지 않았다. 나는 항의했지만, 곧 잠이 들어버렸다. 다음 날 리사가 왔다. 리사는 새 티셔츠를 입고 있었다. 가운을 입고 사각모를 쓴 로봇의 그림이 그려져 있고, '1111110 00000 클래스'라고 적혀 있었다. 그 숫자는 2진법으로 나타낸 '1984'였다.

리사가 활짝 웃으며 말했다. "안녕, 양키!" 리사가 침대에 앉자 내가 떨기 시작했다. 리사가 깜짝 놀라며 의사를 부를지 물었다.

"그런 거 아니에요." 내가 간신히 대답했다. "그냥 안아줘요."

리사가 신발을 벗고 나와 함께 이불을 덮었다. 그리고 나를 꼭 안아주었다. 그러다 간호사가 들어와 리사를 쫓아내려 했다. 리사가 베트남어와 중국어, 그리고 영어로 깜짝 놀랄 욕설을 뱉자, 간호사가 나갔다. 나중에 스튜어트 박사가 와서 안을 힐끗 쳐다봤다.

마침내 내가 울음을 그쳤을 때, 기분이 훨씬 나아졌다. 리사의 눈도 촉촉했다.

"난 매일 왔었어요. 꼴이 말이 아니네요, 빅터." 리사가 말했다.

"훨씬 나아졌어요."

"글쎄요, 전보다 나아 보이긴 해요. 하지만 의사 말로는 확실하게 하려면 며칠 더 입원하는 게 좋겠대요."

"그 말이 맞을 것 같아요."

"당신이 돌아오면 함께 할 성대한 만찬을 계획하고 있어요. 이웃들을 초대하는 건 어때요?"

나는 한참 동안 아무 대답도 하지 않았다. 우리가 마주해야 할 일들이 너무 많았다. 우리 사이가 언제까지 지속될 수 있을까? 내가 이렇게 쓸모없는 존재라는 사실에 리사가 질리기까지 얼마나 걸

릴까? 늙은이와 함께 지내는 걸 리사가 지겨워하기까지 얼마나 걸릴까? 내가 언제부터 리사를 내 인생의 영원한 부분으로 생각하기 시작했는지 모르겠다. 어떻게 내가 그런 생각을 할 수 있었는지 의아했다.

"또 병원에서 사람이 죽기를 기다리며 몇 년을 보내고 싶어요?"

"뭘 원하세요, 빅터? 당신이 원한다면 당신과 결혼할게요. 아니면 당신과 함께 죄악 속에서 살게요. 나는 죄악 쪽이 더 좋지만, 당신이 행복해질 수 있다면….."

"왜 지랄병에 걸린 늙은 방귀쟁이를 짊어지고 살려는지 모르겠어요."

"당신을 사랑하니까."

리사가 그런 말을 한 것은 처음이었다. 소령 이야기를 꺼내는 등 계속 질문을 할 수도 있었지만, 그러고 싶지 않았다. 지금 생각하면 당시 내가 그런 소리를 하지 않아 정말 다행이다. 그래서 나는 주제를 바꿨다.

"일은 끝냈어요?"

리사는 내가 어떤 일을 말하는지 알고 있었다. 리사가 목소리를 낮추고, 입을 내 귀에 가까이 댔다.

"여기서는 구체적으로 말하지 말자고요, 빅터. 도청 장치를 청소하지 않은 곳은 믿지 않아요. 하지만 당신이 안심할 수 있도록 말해주자면, 일을 끝냈고 몇 주 동안 조용했어요. 나보다 신중한 사람은 없어요. 다시는 그런 일에 개입하지 않을 거예요."

내 기분이 훨씬 나아졌다. 하지만 많이 지친 상태였다. 내가 하품을 숨기려 했지만, 리사는 갈 시간이 되었다는 것을 감지했다. 리사는 나에게 한 번 더 입맞춤하며 앞으로 자주 오겠다고 약속하며 떠났다.

그것이 내가 마지막으로 본 리사의 모습이었다.

그날 저녁 10시쯤 리사는 드라이버와 다른 공구들을 가지고 클루지의 주방으로 들어가 전자레인지를 고치기 시작했다.

전자레인지에서는 치명적인 전파가 방출되기 때

문에, 이런 장치의 제조업체는 문을 연 상태로 전원을 켤 수 없도록 매우 신중하게 제작했다. 그러나 간단한 도구와 좋은 두뇌가 있으면 안전을 위한 연동 장치를 우회할 수 있다. 리사는 아무런 문제 없이 안전장치를 우회했다. 리사는 부엌에 들어가 10분 정도 후 전자레인지에 머리를 집어넣고 전원을 켰다.

리사가 얼마나 오랫동안 그 안에 머리를 집어넣고 있었는지는 알 수 없다. 리사의 눈알이 삶은 달걀처럼 응고될 정도로 충분히 길었다. 그러다 어느 시점에 리사는 근육에 대한 조절 능력을 잃고 바닥으로 쓰러지며 전자레인지도 함께 끌어 내렸다. 전자레인지의 전깃줄이 합선되며 화재가 시작됐다.

리사가 한 달 전에 설치한 정교한 경보기가 화재로 작동되었다. 베티 래니어가 불길을 보고 소방서에 신고했고, 할 래니어가 길을 건너 불타는 부엌으로 뛰어 들어갔다. 할은 리사의 남은 부분을 잔디밭까지 끌고 나왔다. 할은 불 때문에 리사의 상체, 특히 가슴에 어떤 일이 일어났는지 보고는 토해버렸다.

리사는 병원으로 급히 이송되었다. 의사들은 한쪽 팔을 절단하고, 강황 처리된 기괴한 실리콘 덩어리를 제거했다. 그리고 치아를 모두 뽑았는데, 안구는 어떻게 해야 할지 결정하지 못했다. 그들은 리사에게 인공호흡기를 씌웠다.

의사들이 리사에게서 잘라낸, 검게 타고 피투성이가 된 티셔츠를 처음 발견한 사람은 병원의 청소부였다. 티셔츠에 적힌 메시지는 부분적으로 읽을 수 없었지만, 이렇게 시작했다. "더 이상 이런 식으로 살아갈 수 없다…."

나에게는 그 모든 상황을 알 방법이 달리 없었다. 다음 날 리사가 면회를 오지 않았을 때, 스튜어트 박사의 심란한 얼굴을 보면서 조금씩 알아차리기 시작했다. 박사는 나에게 아무 말도 하지 않았다. 나는 그 직후 또 발작을 일으켰다.

그 후 일주일은 기억이 흐릿하다. 병원에서 퇴

원한 것은 기억나지만, 집으로 돌아오는 과정은 기억나지 않는다. 베티가 내게 아주 친절하게 대해줬다. 트란진이라는 진정제를 줬는데, 효과가 아주 좋았다. 나는 트란진을 사탕 먹듯 먹었다. 약에 취해 안개 속에서 헤매다가 베티가 억지로 권할 때만 밥을 먹었고, 의자에 앉아 잠들었다가 여기가 어디인지, 내가 누구인지도 모른 채 깨어났다. 나는 여러 번 포로수용소로 돌아갔다. 한번은 리사가 잘린 머리를 쌓는 것을 도왔던 기억도 난다.

거울에 비친 내 모습을 봤더니, 내 얼굴이 희미한 미소를 머금고 있었다. 트란진이 내 전두엽을 어루만져주고 있었다. 더 오래 살려면 트란진과 아주 좋은 친구가 되어야겠다는 생각이 들었다.

나는 점차 이성적인 사고라고 인정받을 수 있는 일들을 할 수 있게 되었다. 오스본 형사의 방문이 어느 정도 도움이 되었다. 당시 나는 살아야 할 이유를 찾으려 애쓰고 있었는데, 혹시 오스본이 그런 이유를 제공해줄 수 있을지 궁금했다.

"정말 유감입니다." 오스본이 말문을 열었다. 나는 아무 대답도 하지 않았다. "개인적으로 방문한 겁니다." 형사가 계속 말했다. "부서에서는 내가 여기 왔는지도 몰라요."

"자살이었나요?" 내가 물었다.

"유서의… 사본을 가지고 왔어요. 리사가 그… 사고의 사흘 전에 웨스트우드에 있는 셔츠 회사에 주문한 겁니다."

오스본이 사본을 건네주어서 내가 읽었다. 내가 언급되긴 했지만, 이름이 아니라 '내가 사랑하는 남자'라고 되어 있었다. 리사는 내 문제를 감당할 수 없다고 썼다. 짧은 글이었다. 티셔츠에 많은 글을 담을 수는 없을 테니까. 나는 그 글을 다섯 번 읽은 다음 형사에게 돌려줬다.

"리사가 당신에게 클루지가 유언 프로그램을 쓰지 않았다고 했잖아요. 나는 당신에게 리사가 이 글을 쓰지 않았다고 말해줄게요."

오스본이 마지못해 고개를 끄덕였다. 나는 광활한 적막감이 느껴졌다. 그 바로 아래에는 악몽이 울부짖고 있었다. 트란진을 찬양하라.

"근거를 댈 수 있나요?"

"죽기 직전에 나를 만나러 병원에 왔었어요. 리사는 활력과 희망으로 가득 차 있었어요. 사흘 전에 셔츠를 주문했다고 했잖아요. 그랬다면 내가 그런 느낌을 받았을 거예요. 그리고 이 글은 감상적이에요. 리사는 전혀 감상적인 사람이 아니에요."

오스본이 다시 고개를 끄덕였다.

"몇 가지 말씀드리고 싶은 게 있습니다. 몸싸움의 흔적은 없었어요. 래니어 부인은 아무도 그 집 앞으로 가지 않았다고 확신했습니다. 과학수사대에서 집 전체를 살펴봤는데, 아무도 리사와 함께 있지 않았다고 확신합니다. 그 집에 들어가거나 나온 사람이 아무도 없다는 사실에 내 목숨을 걸 수도 있습니다. 나도 자살이라고는 믿지 않지만, 혹시 다른 의견이 있나요?"

"국가안보국이요." 내가 말했다.

내가 병원에 있던 동안 리사가 마지막으로 했던 일을 설명했다. 리사가 정부의 정보기관에 대해 갖고 있던 두려움에 대해 말했다. 내가 아는 건 그게 전부였다.

"글쎄요, 그런 짓을 할 수 있는 사람이 있다면 바로 그들이겠죠. 하지만 솔직히 말하자면, 난 그 사실을 받아들이기 힘듭니다. 무엇보다, 살해한 이유를 모르겠습니다. 당신은 그 기관들이 당신이나 내가 파리를 잡을 때처럼 사람들을 죽인다고 믿잖아요." 오스본은 질문을 던지는 듯한 얼굴이었다.

"내가 뭘 믿는지도 모르겠어요." 내가 말했다.

"그들이 국가안보 같은 걸 위해 살인하지 않을 거라고 말하려는 건 아닙니다. 하지만 그들이라면 컴퓨터도 가져갔겠죠. 리사를 그동안 가만히 놔두지 않았을 것이고, 클루지를 죽인 후에 리사가 그 컴퓨터들 근처에도 못 가게 했을 겁니다."

"일리 있는 말이네요."

오스본 형사는 한참 동안 그 문제에 관해 중얼거렸다. 이윽고 내가 그에게 포도주를 권했다. 오스본은 고맙게 받았다. 나도 오스본과 함께 마실

까도 생각했지만, 그러지 않았다. 그건 죽음으로 달려가는 가장 빠른 방법일 것이다. 오스본이 한 병을 다 마셨다. 그리고 느긋하게 취한 상태에서 내게 옆집에 가서 한 번 더 살펴보자고 제안했다. 나는 다음 날 병원에 있는 리사를 방문할 계획이었다. 몸을 움직이려면 체력을 키워야겠다는 생각이 들어서, 그와 함께 가보기로 했다.

우리는 주방을 조사했다. 화재로 조리대는 검게 그을리고 리놀륨이 일부 녹아내렸지만, 그 외에는 별로 손상되지 않았다. 대체로 물 때문에 엉망이 된 것 같았다. 바닥에 갈색 얼룩이 있었는데, 나는 아무런 감정 없이 바라볼 수 있었다.

그리고 거실로 돌아갔더니 컴퓨터 한 대가 켜져 있었다. 모니터 화면에 짧은 메시지가 떠 있었다.

더 알고 싶다면

엔터를 누르세요 ■

"하지 마세요." 내가 오스본 형사에게 말했다.

그러나 형사가 엔터를 눌렀다. 그는 진지하게 눈을 깜빡이며 서 있었다. 글자가 지워지고 새로운 메시지가 나타났다.

당신은 보았다.

화면이 깜빡이기 시작했다. 그리고 나는 어둠 속에서 차 안에 앉아 입에 알약 하나를, 손에 다른 알약 하나를 쥐고 있었다. 알약을 뱉어내고, 낡은 엔진이 툴툴거리는 소리를 들으며 그대로 앉아 있었다. 다른 손에는 플라스틱 알약 병이 있었다. 매우 피곤했지만, 차 문을 열고 시동을 껐다. 더듬더듬 차고 문으로 가서 열었다. 바깥 공기는 신선하고 달콤했다. 약병을 내려다보고, 서둘러 욕실로 갔다.

내가 해야 할 일을 마쳤을 때, 변기에는 녹지 않은 알약 수십 개가 떠 있었다. 그 외에도 버려진 약 껍데기와 굳이 설명하고 싶지 않은 다른 많은 것들이 있었다. 나는 병 속의 알약을 세어보며 몇 알이 있었는지 기억해내고, 내가 성공할 수 있을지 궁금해했다.

클루지의 집에 갔지만, 오스본은 찾을 수 없었다. 점점 더 피곤해졌다. 그래도 집으로 돌아와 소파에 누워 살아야 할지, 죽어야 할지 생각했다.

다음 날 신문에서 그 기사를 발견했다. 오스본 형사가 집으로 가서 리볼버로 자기 뒤통수를 날렸다는 내용이었다. 큰 사건은 아니었다. 경찰들에게는 항상 그런 일이 일어났다. 오스본은 유서를 남기지 않았다.

나는 버스를 타고 병원으로 가서 리사를 면회하기 위해 3시간 동안 애썼다. 결국 면회를 하지 못했다. 나는 친인척이 아니었고, 의사들이 리사의 면회객을 받지 않도록 단호하게 금지한 상태였다. 내가 화를 내자, 그들은 최대한 정중하게 대해주었다. 그제야 리사의 부상 정도를 알게 되었다. 할 래니어는 내게 최악의 상태를 말해주지 않았다. 어떤 상태이든 중요하지 않았지만, 의사들은 리사의 머릿속에 아무것도 남지 않았다고 맹세했다. 그래서 나는 집으로 돌아왔다.

리사는 이틀 후 사망했다.

놀랍게도 리사는 유언을 남겼다. 나는 집과 장비들을 받았다. 그 사실을 알게 되자마자, 나는 청소업체에 전화를 걸었다. 그들이 오는 동안 마지막으로 클루지의 집에 들어갔다.

같은 메시지가 떠 있었다.

엔터를 누르세요 ■

나는 조심스럽게 전원 스위치를 찾아 컴퓨터를 껐다. 청소업체 사람들에게 벽지를 벗겨달라고 했다.

나는 우리 집을 꼼꼼히 살펴보면서, 컴퓨터와 비슷한 물건이 있는지 찾아봤다. 라디오를 버렸다. 자동차와 냉장고, 전기레인지, 믹서기, 전자시계를 팔았다. 물침대를 비우고, 히터도 버렸다.

그런 다음 시중에서 가장 좋은 프로판 가스 레

인지를 구입하고, 한참을 찾아서 오래된 아이스박스를 구했다. 차고에 장작을 천장까지 쌓아놓았다. 그리고 굴뚝을 청소했다. 곧 추워질 것이다.

어느 날 버스를 타고 패서디나로 가서 베트남 난민과 자녀들을 위해 '리사 푸 기념 장학 기금'을 설립했다. 70만 83달러 4센트를 기부했다. 나는 그들에게 컴퓨터 공학을 제외한 모든 학문 분야에 장학금을 수여할 수 있다고 했다. 그들이 나를 괴짜라고 생각한다는 사실을 알아차렸다.

★

그리고 나는 안전하다고 정말로 생각했었다, 전화가 울리기 전까지는.

전화를 받기 전에 한참 동안 생각했다. 결국 내가 받을 때까지 계속 전화가 오리라는 걸 알았다. 그래서 수화기를 집어 들었다.

몇 초 동안 발신음이 울렸다. 하지만 속지 않고 계속 귀에 대고 있었더니, 마침내 발신음이 끊어졌다. 정적만 흘렀다. 집중해서 귀를 기울였다. 전화선 안에 사는 먼 곳의 음악 소리가 들렸다. 수천 킬로미터 떨어진 곳에서 들려오는 대화의 메아리. 그리고 무한히 더 멀고 서늘한 소리도 들렸다.

국가안보국에 무슨 꿍꿍이가 있는지는 나도 모른다. 그들이 이 짓을 고의로 한 것인지, 아니면 그냥 일어난 건지, 혹은 정말로 그들과 관련이 있는 일인지조차 모르겠다. 하지만 나는 전화선에서 영혼이 숨 쉬는 소리를 들었기 때문에, 그게 저 밖에 있다는 것은 안다. 나는 매우 조심스럽게 말했다.

"더 이상 알고 싶지 않아요. 아무에게도 말하지 않을 겁니다. 클루지와 리사, 오스본은 모두 자살했어요. 나는 그저 외로운 남자일 뿐이라서, 어떤 문제도 일으키지 않을 겁니다."

딸깍하는 소리가 나고, 이어서 발신음이 들렸다.

전화기를 치우는 것은 쉬웠다. 전화선을 모두 제거하는 것은 조금 어려웠다. 처음에 연결할 때 영원히 그대로 있을 것으로 예상하고 설치했기 때문이다. 전화 회사 직원들은 그러면 안 된다고 불평했지만, 내가 직접 선을 뽑기 시작하자 누그러졌다. 하지만 내게 비용이 들 것이라고 경고했다.

전력 회사는 더 힘들었다. 그들은 모든 집에 전력망을 연결해야 하는 규정이 있다고 실제로 믿는 것 같았다. 그들은 기꺼이 전원을 차단해주었지만 (별로 달가워하지는 않았다), 전선을 철거해주지는 않았다. 내가 도끼를 들고 지붕으로 올라가 처마를 1미터 넘게 철거하자, 그들이 입을 쩍 벌리고 나를 쳐다봤다. 그 후 그들은 전선을 감아 돌아갔다.

전등과 전기 제품을 모두 버렸다. 망치와 끌, 톱을 들고 벽의 아랫부분에 있는 장식용 널빤지 위의 벽체를 부수기 시작했다.

집 안의 전선을 뜯어내면서 왜 이 일을 하고 있는지 수없이 생각했다. 이럴 가치가 있을까? 나는 어차피 마지막 발작으로 생을 끝날 때까지 그리 시간이 많지 않았다. 그때까지 별로 즐거울 것 같지 않았다.

리사는 생존자였다. 리사는 내가 왜 이렇게 하는지 알 것이다. 리사가 나도 생존자라고 말했던 적이 있었다. 나는 포로수용소에서 살아남았다. 나는 어머니와 아버지의 죽음에서 살아남았고, 고독한 삶을 꾸려나갔다. 리사는 거의 모든 게 죽어갈 때 살아남았다. 그렇게 온갖 일을 견디고 살아남은 생존자는 거의 없을 것이다. 하지만 리사가 살아 있었다면 계속 살아남기 위해 노력했을 것이다.

그리고 내가 했던 일이 바로 그것이었다. 벽의 전선을 모두 뽑아내고, 자석으로 집 안 전체를 샅샅이 뒤져서 놓친 금속이 있는지 확인한 다음, 일주일 동안 청소하고 벽과 천장, 다락에 뚫은 구멍을 수리했다. 내가 사망한 후 부동산 중개업자가 이 집을 판매할 때의 상황을 상상하니 재미있었다.

정말 멋진 작은 집이에요. 전기가 안 들어오긴 하지만….

이제는 예전처럼 조용히 살고 있다.

낮에는 대체로 채소밭에서 일한다. 채소밭을 상당히 넓혀서, 지금은 앞마당에도 채소가 자라고 있다. 촛불과 등유 램프로 생활한다. 그리고 먹는 음식 대부분을 직접 재배했다.

오랜 시간을 들여 트란진과 다일랜틴의 복용량을 점차 줄이는 데 성공했다. 지금은 발작이 오면 그냥 받아들였다. 그 결과로 평소 온몸에 멍이 들어 있었다.

나는 드넓은 도시 한가운데에서 스스로를 고립시켰다. 나는 상상하는 것보다 빠르게 성장하는 네트워크의 일부가 아니다. 평범한 사람들에겐 이렇게 사는 게 위험한 일일지도 모르겠다. '그것'은 나와 클루지, 오스본을 알아챘다. 그리고 리사도. 그것은 우리의 정신을 스쳐 지나갔다. 마치 내가 모기를 털어내며 으깨버렸다는 사실을 눈치채지 못하는 것처럼 말이다. 오직 나만 살아남았다.

하지만 나는 의심한다.

매우 힘들 것이다….

리사는 그게 어떻게 전선을 통해 들어올 수 있는지 설명해줬었다. 가정용 전류를 운반하는 전선을 타고 이동할 수 있는 반송파라는 게 있다. 그래서 전기선을 없애야 했다.

채소밭에는 물이 필요하다. 여기 남부 캘리포니아에는 비가 충분하지 않기 때문에 물을 어떻게 구해야 할지 모르겠다.

그것이 파이프를 통해서도 들어올 수 있을까?

〈끝〉

옮긴이 최세진

SF 전문번역가. 옮긴 책으로 《베스트 오브 존 발리》, 《로즈웰 가는 길》, 《크로스토크》, 《베스트 오브 코니 윌리스》(공역), 《리틀 브라더》, 《홈랜드》, 《별의 계승자 2: 가니메데의 친절한 거인》, 《별의 계승자 3: 거인의 별》, 《별의 계승자 4: 내부우주》, 《별의 계승자 5: 미네르바의 임무》, 《우주복 있음, 출장 가능》, 《별을 위한 시간》, 《온도의 임무》, 《계단의 집》, 《마일즈 보르코시건: 바라야 내전》, 《마일즈 보르코시건: 남자의 나라 아토스》, 《SF 명예의 전당 2: 화성의 오디세이》(공역), 《SF 명예의 전당 3: 유니버스》(공역), 《제대로 된 시체답게 행동해!》(공역) 등이 있다.

엔터를 누르세요 ■

초판 1쇄 발행   2024년 4월 4일

지은이	존 발리
옮긴이	최세진
펴낸이	박은주
디자인	김선예, 이수정
마케팅	박동준
인쇄	탑프린팅

발행처	(주)아작
등록	2015년 9월 9일 (제2023-000057호)
주소	07236 서울특별시 영등포구 의사당대로 38 102동 1309호
전화	02.324.3945-6 **팩스** 02.324.3947
이메일	arzaklivres@gmail.com
홈페이지	www.arzak.co.kr
ISBN	979-11-6668-779-2 03840